カヴァレリアをもう一度

割れんばかりの拍手と、閉まりゆく緞帳。

久しぶりに上がったステージの、快い緊張感と無事に終えた安堵感が、メンバーの一人一人から滲み出ている。

十年前に、大学を出てからまもなく亡くなった、仲間を追悼する為のコンサート。

彼は、堂大ブラスバンド部の指揮者だった。

小柄だが決してひ弱そうな様子はなく、結構強引に自分の言を通すアクの強いタイプで、はっきりした口調でものを言う、むしろ、独裁者的な自信家と見えていた。

天文台を作る為にもう人里離れた場所に土地を確保しているとか、その為の資金をこつこつ貯めているとか、それはきっと宇宙に帰る為という宇宙人説が同期の中でまことしやかに囁かれ、それを疑う者がいないような、独特の自分世界を形成している人であった。

体格に似合わない、低くて太い渋い声の彼には、小柄に見えない大きな態度と存在感、何事にもうろたえないどっしり感が何故かあって、コッテ牛略称コッテと呼ばれていた。

でも私は知っている。それって本当は、寂しがりやでシャイなところを人に見られたくなくて、無理に着ている鎧だと。

国立大学体育科合格にもかかわらず、健康面で断念した事を。

その割には彼の死を遠くで聞いた時、すわ自殺かと思ったほど、彼は殺しても死なないような、したたかに見えるタイプだった。

でも……そういえば、四年になった春の合同演奏会で組んだ時の合宿で、練習中に倒れた事があったっけ。

ただでさえハードな直前合宿の、後半にさしかかってのコッテのダウンは、メンバーに大いに衝撃を与えた。

下級生の動揺を抑える為に、彼側のパートトップと協議した。

彼の曲は合奏ができない分パート練習を強化し、私の曲のパート練習を減らして合奏を増やして乗り切る取り決めをして、メンバーの緊張感を保つことにした。

合奏があってこそパー練が生き、集中力が保てるのをトップは身をもって知っている。代わりに振ってやりたい気持ちを、私はかろうじて抑えた。人の曲に手を出すのは、やはり越権行為。指揮者によって目指す音楽がちがう。それぞれの解釈も。うちの学校内で時々、コッテや真木、先輩達の指揮の真似をしてみせてウケていた私としては、ちゃんとコッテ風に振ってみせる自信はあったけれども。

自分の合奏の持ち時間が増えたお陰で腕が痛くて上がらなくなってくるのを、肩と両腕に左右九個ずつ磁気バンを貼って、辛うじて持ちこたえていた私も、肉体的に限界を超えてるなと感じた途端、あと十五分で夕食休憩という時に、曲のクライマックスで、両足がつり、全身硬直状態に陥ってしまった。

こ、これはまずいと、痛さも呻きも飲み込んで、唐突に指揮棒を下ろして皆に告げた。

「ごめん、皆。ちょっと早いけど、続きは夕食後の合奏で。ではここまで」

そう言って、僅かに目をうちのコンサートミストレス、アベさんに向けると、彼女は私の異変を察知しながらも、冷静な彼女らしく動揺の色も出さずに、さっと楽器を持ったまま立ち上がり、

「夕食後、七時半からチューニング、八時から合奏。遅れないようにして下さい。あ

りがとうございました」

　といつも通りに今後の予定を皆に告げて、私の方へ頭を下げる。皆も一斉に、

「ありがとうございました」

　と頭を下げて、皆が楽器を手に、散っていく。

　僅かなトップだけが残った時点でまだ指揮台の上で硬直したままの私に、アベさんが、楽器を置いて手を差し出してきた。

「此ちゃん、大丈夫？」

「ごめん、両足つった。下ろして」

　堂大のサックスの南君と共に私の体を支えて下ろし、椅子に座らせてくれた。

「サンキュー。ああ、つらかった。両足はきつい」

　がしがしに固まったふくらはぎを撫でながら溜息をつく私に、

「此ちゃんの顔が、さあっと真っ青になっていったから、コッテみたいに倒れるんやないかと心配したで」

　と、トロンボーンの岩手君。

「さすがにオーバーワークだね。昨日今日で倍振っとるよ。両足は初めてだわ、足にも磁気バン貼っとこう。皆びっくりしたろうね」

「此ちゃんが指揮台から下りずに終わりって言ったの初めてだから、同級生は皆気付いてるけどね、下級生は大丈夫よ」

と、冷静なアベさん。

南君は、わざとおどけて言った。

「指揮者が二人とも倒れたら、シャレにならんよ。後一日半、ごめんけど頑張って」

「心配させて、ごめん」

その時の記憶が、昨日の事のように蘇る。

コッテの事を思い出すのは、彼だけを偲ぶのではなく、自分達の大学の四年間のクラブ活動、大いなる青春の記録を懐かしむ事。まさに恐いものが何もなかった、若き日の挫折と苦悩、栄光と喝采。

今思えば滑稽なくらい、命懸けで青春していた。

過去の栄光……そうかもしれない。

でも、それがあって今の自分がいる。今の自分が幸せか不幸せかわからないけれど、たしかに自分の足で歩いてきた道。

人生の中であれはど輝く事は、もう二度とない、大切な思い出。共に泣き共に笑った大切な仲間達。

十年の時を超えて、会った時は男も女もなく、今の地位も家庭も関係なく、素直にあの頃の自分に戻れる。

そう、あの宇宙人は、彼を口実にあの頃に戻らせてくれる『タイムマシン』になったのかもしれない。

それはたぶん私一人が感じているのでなく、皆の共通の思い。

過ぎた日々が、走馬灯のように頭の中を駆け巡る。

皆それぞれの自分の時を、胸に大切に仕舞い込んでいる。

コッテとの特別な思い出は、もう一つ。合同演奏会後の指揮者コンパで最終電車の時間になった時の事だった。

「送って行くよ」

と、言ってくれて、駅までは東香工大の指揮者真木君も送ってくれてたし、

「うん、ありがとう」

と、言ったのだけど、改札で、

「じゃあ、また明後日ね」

と言う私に、にこっと笑ったコッテは、切符を買ってホームまで追いかけてきた。

「これ、最終よ。帰る電車ないよ。もういいから」

と言っても、笑って取り合わない。

「女の子を、この時間に一人で帰せないよ」

「そんな、だれも私の事、女の子って見てくれてないよ。私のスカート姿を見て、先輩、女装しないでって泣いた後輩もいるし、真木だって、演奏会本番前に口紅つけてたら、そんなものつけるなって怒るし……あんたも、そんなに気にしてくれなくていいから」

そう言う私に真剣な顔でぽつりと言った。

「僕はそうは思わないよ」

ええっ、こいつ何でそんな事を言うの？と思ったが、それ以上断る言葉が見つからず、到着した電車に二人で乗った。

何を話したかよく覚えてはいない。私は、彼をどうやって帰らせればいいのだろうと、そればかりを考えていたから。

電車で一時間。海辺の小さな町。駅から家までの一キロの道のりを、二人で歩いた。

「漁村かあ、此原、いっそ船で通った方がいいんじゃない？　船の免許取って」

彼は、くすくす笑いながら言った。

「何言ってんの、うちは漁師じゃないもん。ふつうのサラリーマン家庭だからね」

家に着いて、送ってもらったと親に話すと、是非泊まってってと言う。

「いいえ、いいんです。女の子の家には泊まれませんから。帰ります」

平然として言った。

「じゃあ、タクシーで帰って」

親から渡されたお金を渡そうとすると、

「女の子にお金なんか貰えないよ。大丈夫だから。じゃあね。また明後日な」

彼はそう言って、駆け出してしまった。

黙って見送るしかなかった私は、どうなったろうと心配で眠れず、朝になって彼の家に電話すると、彼のお兄さんが出て、

「さっき帰ってきて、今寝ていますが、起こしましょうか?」

「いえ、いいです、帰られたなら。起きられたらよろしくお伝え下さい」

私はそう言って電話を切った。彼は歩いて帰ったんだとわかった。何時間もかけて。

一体どうして、ここまでしてくれたんだろう。明日会合で会う事になっている。お礼を言わなくっちゃ。

そう思っていたのに、堂大との会合で、彼と行き会う前に顔を合わせた堂大の三年の男の子がにやにやして、言う。

「此原さん、浦川先輩が家まで送って行ったんですって？」

「えっ？」

「さっき、浦川先輩に聞いたんですよ。八時間かかったって言ってましたよ」

もうすっかり噂になっている様子。顔を合わせる人皆が同じことを言うので、素直に礼を言うはずが、コッテに行き当たった時には、マジでキレていた。

だいたい、私は、女女して見られるのが嫌いだった。

物心ついた時から、母に、

「男の子だと思っていたから男の子の名前しか考えてなかった。男の子の産着を用意していたのに。せめて、男の子みたいに強くなりなさい」

と言われ続けて、用意していた男の子用の産着まで見せられた。ちゃんと兄がいるというのに……。

兄ばかり可愛かった母。自分で産んでおいて女の子を嫌って……。

私だって男に生まれたかった。

性の不一致とかいうのでなくて、自宅の裏山で兄や従兄弟達とターザンごっこして遊んだり、赤い服が恥ずかしかったり。

気質が、男の子みたいだったのかもしれない。

男の子だったら自由に生きられるのかと思ったのかもしれない。

いつもいつも私は、息苦しくて。

家でも学校でも。それで本の中で、活字の中で生きていた。

本ばかりを読んでいたら、母が部屋に入ってきて、

「またそうやって本に逃げて」

と、叱ってくる。

母がそんなだから、一人で内向的に沈み込んでしまって、心の中の男の子のような気質にもかかわらず、うまく自分を外に出せなくて、人前でものも言えないくらい、内気だった。中学までずっと……。

内気な自分が許せず、心理学とか精神療養の本とかこっそり買って読んだりして、高校になってやっと殻を破る努力の末、限られた人間には自分を少しだけ見せられるようになって、それでもまだ本気で、自分は本当は母の子ではないのかもしれない、母に愛されているのは東京の大学に行っている兄だけなんだと悩んでいた。

ましてや名前は「豊」。

だれが見ても女の子と思いもせず、幼稚園・小学校・中学・高校の入学式では、名簿の女の方に書いてあるにもかかわらず、必ず私だけは間違って女の方に入れられたと思われて、父兄と全校生徒の前で『此原豊君』と君づけに呼ばれる恥ずかしさと屈辱感は……。さすがに卒業式の時は間違われなかったけど。

よくからかわれもし、ますます自分の殻を厚くしていった。

そんなトラウマを未だに抱えているのも知らず、勝手にか弱い女の子と解釈してナイトを気取られてもねぇ。

彼には悪いが正直、苦痛の方が大きかった。

「浦川君、送ってもらったのには礼を言うけど、どうして皆に言いふらすの。恩を売って気持ちがいいのか！」

つい出てしまったきつい言葉に、ちょっと驚いた顔。そしてしんみりと、言った。

「そこまで言われるかな、悪気じゃなかったのに」

ちょっと言い過ぎたかと思ったけど、めげない彼は、数日後指揮者会議で工大の真木と会った時に、私の後ろでこそこそ話している。

ちらと漏れ聞こえた言葉、どんなところだった？と真木の声。

漁村がどうのこうのと浦川……。

こいつ真木にまで、しゃべっているな。何となく知られたくなかった。浦川と付き合ってるように思われたくなかった。

浦川とよりも真木との方が付き合いが長い。音楽を語り、悩みを打ち明け、夢を語り……真木はいろんな意味でのライバルであり、性別を超えた友であったから。

二年生の新人デビュー演奏会で、指揮者として初めて組んだのが東香工大だった。二年生半ばで、その学年の指揮者、各パートトップが決まる。少ない人数のパートはいいのだが、クラリネット、フルート、トランペットは同期の人数が多い分、トップ争いが熾烈になる。人をまとめていける気質と、音楽性、実力。ただ良い人、だけでは誰もついてこない。特に指揮者は、その上に更にカリスマ性を必要とする。

中学・高校もブラスバンドでクラリネットだった私は、高三でコンサートミストレス（コンミス・女性のコンサートマスター）をした。

一時、クラブの顧問がオーボエやりたい人がいたら三十万のオーボエを購入するけど、誰かいないか、と言うのを聞いて、オーボエに転向しようかと思った事もあったが、クラ（クラリネット）が性に合っていたのとコンミスの座が見えた時、その栄光を捨てがたかった。

早いパッセージはちょっと苦手とするところだったが、音質と音量には自負するものがあった、特に、スコーンと抜けた低音の音の深さには定評があった。自分自身も、リードの「シンフォニック・プレリュード」のような、低い音域の音の伸びが好きだった。

ドヴォルザークの「新世界」終楽章のホルンをからめてうたうソロを吹いて、最後の定演を終えた。

吹奏楽祭でも金賞を取り、私では心許ないと思われていたのではないかと思っていた、N響のホルン奏者を友人に持つ顧問の先生に、

「君は、思った以上によくやったよ」

と言われた時、今までの困難や努力が報われた喜びを胸に、高校でのクラブ生活を終えた。

周りからは、K市一番の進学校で有名なM校に入学しながら三年の秋までクラブをやるなんて馬鹿だのなんだのと言われ、同級も大学落ちたくないからと、二年末で半数以上辞めていった。でも、私には勉強よりも大切なクラブ、辞めた人達の穴を埋め

るのに必死だった。

お陰で目指す国立大は落ちたけど、落ちたくないとクラブを辞めた子達も同じ学部を受けて落ちていたので、クラブをやり遂げた達成感があるだけ私の方が余程マシじゃないか。

自宅からしか通わせないと言われ、親の反対を振り切ってまで家を出る勇気もお金もなくて、仕方なく、キリスト教系の私立の女子大・聖女学院に入学した。

大学ではもうブラスに入るまい、もっと暇なクラブを、と思っていた。ブラスは夏休みもほとんどなく、指が動きにくくなるからと水泳禁止、ひたすら練習、合宿。

中学を出たすぐあともそう思った私は、高校で英文タイプクラブに入ったが、下校時に聞こえるクラの基礎練習の音。へたくそだな、私はもっと吹けてたとの思いに負けて、よりによって、英文タイプクラブで長く頑張ろうと大量にタイプ用紙を買い込んだ翌日、ブラスバンドに途中入部してしまった。

今度こそ、バイトしてそのお金で旅行して、楽しい大学生活を、と思った矢先のクラブ紹介。

M高校一学年先輩の川田さんがこの大学にいて、ブラスバンドに入っていた。

「ああ、此原さん、待ってたよ。当然ブラス入るよね」

案の定、講堂下で待ち伏せていた。

「川田さん、私はパス。もう足洗ったから」

「そう言わずに。また一緒に頑張ろう？」

「いやいや、先輩がいるんだから、私なんか必要ないじゃん」

そう言って逃げたが、電車、大学構内で出会う度に口説いてくる。入ってもいいかと思っていた琴クラブが思ったより下手だったのと、川田先輩のしつこさから、ついに入部するはめになった。

今まで共学だったから、女だらけの構内、クラブに戸惑いはあったし、奥手というか人との特別なかかわりが苦手な私の、過去何度かした片思いは総て男の子だったから、同性に惹かれた事はないけど、女の園では、カリスマっぽい同性に憧れを持つものらしい。

どうしたいというのでなく憧れであって、姿を見かけてはちょっとだけ心ときめかすという程度の、片思いもどきの感情を持っている人がいるのを時に見かけた。

中高を女ばかりの中で過ごしてきた人達にはそういうのがあるのかと、妙に感心したりして。

ブラスの、四年生の指揮者響子サンは、中性的な魅力のある人で、ずっと女の園の住人で、現実からちょっとはずれた感じに惹かれる、と同じ電車で通うので仲良くなった通称K組の間で話題となり、そう騒がれれば、こちらも何となく意識する気持ちが出てきてしまった。何というか、トイレにも行かず、ものも食べないで生きていられる人って雰囲気がある。私の場合、指揮者として魅せられたのだけれども。

私自身は地味にしていたつもりが、クラ七年目というので一年の割に目立ったらしく、もうすぐ卒業するその正指揮者響子サンに、異例の事に、指揮をしてみない？と、度々打診されていたが、その都度笑ってごまかしていた。

普通、直接指導する二学年上の指揮者によって指名される習慣になっていたし。

むしろ、響子サンほどカリスマ性はないけれど、とてもやさしく周りに気を遣って、一生懸命の、三年生副指揮者通称べべに、尊敬の気持ちを持った。

「そう言ったらお終いよ」

が、口癖のべべ先輩は、三、四年ばかりの1クラ（第1クラリネット）に、二年でたった二人だけ上がった時、私を指揮者にしたいと口説いてきた。

川田先輩は副指揮者になっていた。

しかし、高校の時、K大に行った男の先輩がコンマスになり自分がなれなかった事、コンミス経験の私が指揮者に推薦されるのを快く思わないのか川田先輩は、一緒に帰

ろうと誘われた電車やバスの中で、

「コンミスやったのだから、今度は低音楽器なんかに転向して、縁の下の力持ちになった方が此ちゃんの為になると思うよ」

と、直接辞退するよう、しつこく言ってくる。

じゃあ、なっているあんたは何なんだ！と言いたいところを、一応先輩だから黙って聞く振りをする。

実はクラブを辞めようかと思い始めていた。祖父が死んで、葬式には出れたけど法事も何も、クラブクラブで。

年に七回も合宿、授業がない日も毎日クラブの生活。

今までと同じじゃないか、自由ってないのかと、わかってたはずなのに、息苦しい。

自分自身の迷いと、川田先輩の嫌がらせ、べべ先輩の熱心な口説きにものらりくらりと返事を逃げていた。

音楽経験のないホルンのトン子が、

「此ちゃんがうんと言わないのなら自分が立候補する」

と言い出す。

そりゃ無理だわ、このクラブどうなるんだろうと思っていると、また川田先輩が策を弄して、二年全員に振らせる、指揮者オーディションなるものをするよう、べべ先輩を説き伏せてしまった。

仕方なく、前代未聞の茶番に付き合ったけど、かえって、私へのべべ先輩の指名を尤もと部員全員に思わせてしまったことは、川田先輩の失策と言えた。

それでもはっきり、頑張りますと言わない中途半端なまま指揮者教本を渡されて、部室近くの廊下の大鏡の前での脱力の練習から。

定演（定期演奏会）後の打ち上げで、顧問の先生に、この子が次の指揮者の此原ですと紹介されて、どうも、と頭を下げた私に、

「何か頼りない子だな、しっかりやってくれよ」

と言われ、それにも応えられなかった私。

その一月後、突然亡くなられた顧問の先生の葬式に、生徒代表で弔辞を読むはめになった。三、四年が全国ブロックの演奏会で東京に行って、留守の間の事だった。よりによって、こんな頼りない子に弔辞を読まれる不幸な先生。あの時何故一言、

「頑張ります」

と、言えなかったのか。

その後悔が、かえって私をクラブに繋ぎ止める足枷となった。

追悼礼拝も私が指揮棒を振ることになったのは、先生にクラブを頼むと言われているのだろうか。

私の指揮者としての初舞台が指揮でなく、顧問の葬儀で高名な大学教授勢にまじっての弔辞係になろうとは。

私は何故かクラブの顧問運が悪い。

中高共に最高学年になると、それまでの顧問が転勤で新しい顧問と替わる。それも楽器専攻の音楽教師から声楽専攻の人間になり、楽器はわからないからと言ってあやうくクラブを潰されそうになる。高校の時は特にコンミスとして部員と新顧問の間を取り持ったり、ソロ吹くのに指導してもらえなくて、中学時の前顧問に泣きついて指導してもらったりと心労がハンパなかった。

その上大学でも。死去とはいえ顧問不在ではクラブから降格されるので顧問探ししたが、ハードなクラブという噂が立っていて難航した。

結局私が棒を振る曲の関係でフランス語を訳してもらった先生を拝み倒して顧問になってもらい、お礼に私達の伴奏でカンツォーネを歌ってもらった。

ありがたいことに定年までずっと面倒を見てくださって、横田先生には心からの感謝を。

今も時々電話かかってきて、レオンカヴァッロの「マッティナータ」について語ってもらったり、「道化師」のアリアについてレポートを書けとか、フランス文学についてとか……なかなか為になる時間を頂いている。


年明けの新人演奏会に向けて、選曲・役員の選出、四年トップからの各パートトップ指名。忙しくなった。

トップに関しては、私の思いを四年生にぶつけたが、パート毎の中での人間模様もあるようで、今回は取りあえずこのメンバーでと、希望を却下された。

コンミスに、

「私は、此ちゃんにコンミスやってほしかった。でも此ちゃんには指揮者の方が正解かもね、残念だけどあきらめるわ」

と言われた。

新人演奏会準備会議が度々あったが、面倒くさくて、用事があるからと逃げた。トン子が頑張ってくれる。

地区の大学二、三校でグループを組む。くじで東香工大と組むことになる。

「工大の真木君、来てたよ。此ちゃんと顔合わせておきたかったみたい。明後日あっちの定演だから、終わってから楽屋で会いたいって。今度は逃げないでよね。定演終わったらすぐ選曲会議、楽譜が揃い次第、合同練習に入るんだからね」

「わかっとるよ」

そう言ったものの、2クラ（第2クラリネット）トップのアベさんと楽屋前でトン子と会った時、

「真木君を呼んでくるからここで待ってて」

「えっ、まき？」

いい加減にしか聞いていなかった私は、「まきい」か「まきお」とかのように思っていて。トン子が呼びに行っている間に、アベさんと二人して、

「まきいとか何とかでなかったの？」

「昆布まきか、鳴門まき、なんてね」

ははは、と笑ってしまい、何だかしらけて、

「帰ろっか」

と、本人を待たずに帰ってしまったので、翌日、トン子に怒られたの何の……。

新人演奏会は、新指揮者のお披露日会なので、一番興味を持たれるのが指揮者。他

校のだれとも正式な顔合わせをしてない私は、その後しばらくは他校の間で、正体不明の、幻の指揮者と噂されていたらしい。

選曲会議も、何故か出て行かないままで、「ハンガリー舞曲」と「タイスの瞑想曲」と決めた。

普通、中程度の曲を一曲、というのが原則で、小曲で二曲やりたいと言ったら、聖女の指揮者は生意気、みたいに言われたようだったが、ここでも、一つだけ選べない両極の片方に絞れない私の性格が、まんま出てしまっていた。

うちの学校での練習初日。

チューニングしていたら、ドヤドヤと部室に入ってきた男達が、こんにちはもないままに基音はどれ、あんたは誰と笑顔も見せずに問う。何だこいつと思ったのが、講堂で合奏の席に移った時にわかった工大のコンマス、今時珍しい名前の持ち主、亀井正吉こと亀正だった。

むっとした出会いだったわりに、ずっと今も、賀状のやり取りやたまに会ったりしている、出会いの不思議。

尤も彼とは、互いに恋愛感情を持ったことは一度もなく、仲間なのだが。

スケール（音階練習）をやってくれて合奏時間を皆に告げ、うちのトップと入れ代わって合奏開始。

ついに、誰にも知られてない私の秘密が！

私は実は極度のアガリ症。自分に対する自信のなさから、物心ついた時からの、私の最大のコンプレックス。

高校で初めてコンミスとしてチューニング音を出した時も、唇が震えて高さが一定の音が出せず……自己嫌悪の中、後輩のホルンの男の子に助けられた情けない思い出が蘇る。

震える指揮棒。
一、二年生だけとはいえ、二校合わせて六十余人。
まだまだ、曲と指揮者の性格を掴んでない奏者側と、曲をある程度掴んではいても、人前に立つ事に慣れていない若葉マークの指揮者との溝は深く、一曲が最後まで通せなくて、指揮棒を下げて止め、当を得た注意事項を口にしなければと焦りながらも、何をどう言ったらいいのか、うろたえるばかりだった私。

テンポと音量の指定、ミスタッチを指摘、うわべだけの注意に終止して、結局与えられた時間分持たなくて、早めに指揮台を下りてしまった。

また元の情けない自分に戻ってしまったのかと、惨めな敗北感と自己嫌悪。

あれほど努力して自己改革をしたはずが、なんて情けない自分。

逃げ出す訳にもいかず、工大とうちの学校で何日か交代で練習、合宿も二回。

クリスマスの練習日、パート練習中に、先輩がクリスマスのお菓子の入ったブーツを差し入れてくれたのを、真木が二人で開けてしまおうと言うので開けて遊んでいたら、後で皆に叱られたり、合宿所で真木の合奏中、所在ないので手近にあった枕で遊んでいて、後で、気が散ったじゃないかと責められたり……。

真木とはよく二人で、夜遅くに外のベンチで、星空を見ながら子供の頃の事を話した。なかなか本当の自分は見せられなかったけど。

いつも私が先に合奏する時に、スケールを亀正に頼み、手が冷たいから嫌だと言うので貸した指ごとに色のちがうカラフルな手袋が、見てると目がちらちらする、と皆から不評を買ったり……。

三ヶ月足らずの練習を終えて、一月半ばの演奏会当日。

リハーサルでまた、緊張感で一杯の私。

亀正にスケールをお願い、と拝みたおす私に、リハでまでコンマスに頼る指揮者なんて聞いた事がない、と文句言いながらでもやってくれた。

本番、皆はすでにステージでチューニング音を出している。

先に振る私に、真木は真っ直ぐに目を向けて手を差し出した。

指揮棒を左手に持ちかえて握手に応じた私に、

「頑張ってこいよ」

と言って微笑んだ。

緊張感に固まったまま頷き返して、ステージへ。

震える手を気力で押さえ付けて、構えた指揮棒を振り下ろす。

軽快なテンポと、アッチェレランドが命のハンガリー舞曲、メロディーラインがきれいで穏やかなタイス。

可もなく不可もなく、私は初舞台の棒を下ろし、背中に拍手を聞いてから指揮台を下りた。

三つ揃いの紺のパンタロンスーツに、十センチのヒールのパンプスを履いた私は、振り向いて初めて客席を見た。わー、結構前の方の人の顔が識別できるんだ。

おじぎをして転ばないことだけを気にかけながら、袖に。

真木にVサインを出して、今度は彼に、しっかりね、と声をかけた。

楽しかった打ち上げコンパ。

工大のトップ達ともたくさん話した。バリトンの小野君、ベースの一敬、飲むと博多弁ぼろぼろの2クラの徳さん……。

皆、私を女として意識しなかったし、私も仲間として接することができた。

私がコンタクト入れてるのも知っていて、合宿でもコンパでも、九時過ぎたら、面倒見のいい、本当は浪人して二歳上の小野君が、

「はいはい、此ちゃん、コンタクト出す時間だよ」

と教えてくれたり、一敬が私自身の内面をうまく棒に表せない事を見て取ってイライラと厳しく指摘するのを、後で、気にする事ないんだよと励ましてくれたり。

真木が、別れ際に言った。

「君は、市民クラブの川口さんの指揮を見たか」

と。川口さんは工大の先輩で社会人になってからも、ずっと市民クラブで指揮をしていると、話には聞いていた。

見てないから、見てみようじゃないか。

早速、次の土曜の夜、市民クラブの練習場へ行った。

川口さんの合奏風景。男のわりに小柄な彼はそれを感じさせない、大きな、でも繊

細な指揮をする人だった。素晴らしい音楽性。

これまでもクラシックコンサートでよく見かけてたけど、話したことはなかった。

練習が終わった川口さんを捕まえた私は、自己紹介の後、

「指揮を、川口さんの指揮を是非、教えて下さい。お願いします！」

と、体が二つに折れるほど頭を下げて、お願いした。

土下座までしかけた私を、戸惑っていた彼は驚いて止め、やがて微笑んで、

「週に一度なら、見てあげてもいいよ」

と。

他にも何人も指揮者はいたが、皆、楽譜を振っているだけ。

でも、川口さんは、音楽を振っていた。体ごと、心ごと。

音楽そのものだったのだ。

私は、同じメンバーを振っても、真木と私とでは皆から出る音がちがっていたのを知っている。

悔しい事だが、指揮の技術の差とわかっている。彼は、一学年上の指揮者が辞めた為、二年生ですでに定期演奏会の副指揮者として、一部を振っていたのだから、その差は当然。

でも、私は彼に追い付きたかった。対等に話したかった。

彼だからではなく、男勝りの性格は、女だからという甘えを自分に許せなかったから。

幸い、川口さんのマンションはうちの学校から近く、木曜の夜七時に毎週二時間程度通うことになった。

どんなに仕事が忙しくても、仕事を抜けて帰ってきて教えて下さって、また仕事へと、直接の後輩でもない私に、基礎から曲の解釈を教えて下さり、クラブ内のトラブル、果ては家庭内の問題まで、今思っても、ずうずうしい程お世話になった。

川口さんの音楽性、人間性に、どれ程感銘を受けたことか。ひたすら尊敬。厳しくてやさしくて、神様みたいな人。

真木が自分で言ったくせに、次に会うと皮肉に言う。

「川口さんちへ通ってるんだって？　川口さんも他校に教えなくても、自分達に教えてくれればいいのに」

「行けと言ったのあんたじゃない。川口さんは本当はあんた達に教えたいのに、あんた達が行かんからよ」

そう、川口さんは、自分の後輩達にこそ来てほしかったのだと私は思う。一言もそうは言われなかったけれども。


同期の、指揮者だけのコンパがあった。

その時初めて真木以外の指揮者と話した。

堂大のコッテはあまり印象にない。

県唯一の国立大の指揮者の石津君が、強烈な個性の持ち主で。やはり中高ブラス出身の彼は、私に興味を持ったようで色々話しかけてくる。

私のグラスを取り上げて、私が口を付けたところから飲み、真顔で間接キスと言う。何とも強引な、帝王のような彼に、私は苦笑した。

アクが強過ぎて、その後彼はクラブ内で総スカンをくって強制退部させられてしまうが、惜しい事だと思う。

彼の音楽性を、もう少し見極めてみたかったのに、残念で仕方がない。

次は絶対に組もうなと言ってくれていたから。

でも、彼はクラブを辞めても、私の指揮は全部見に来てくれた。必ず、参考になる言葉をくれた。

四年時の、最後の正指揮者としてのステージも、見てくれた。

「素晴らしい指揮だった。よく頑張ったね。正直、ここまでやるとは思わんかったわ」

彼独特の褒め言葉の後に、一言。

「二部卒業ステージの、ピンクのドレス姿、綺麗だったね、惚れ直したよ。でも、見事に胸がなかったね」

この野郎、と足蹴りを見舞う寸前に、彼がポッリと言った。

「此ちゃんと組んで、ステージ持ちたかったな」

本当に彼、辞めたくなかったんだ、クラブ……。

こうして知った者達ばかりの中に顔を出すのも辛かったはずなのに、ずっと私を見つめてきてくれた。私が誰の事を気になっているのか知っていて。

彼がまだクラブにいた頃、時々同期の指揮者だけのコンパを計画してくれて、ある日、待ち合わせ場所に行ったら、真木しか来ていない。

皆遅いねと言ううちに、石津君が来て、

「皆都合悪いんだって。僕も用事できたから帰るわ、二人だけでやってくれ」

と告げると、さっさと帰ってしまった。呆然と見送った私達。

「飲みに行こうか、二人で」

と、気を取り直して言う真木に、うんと答えた。

きっと二人で話すチャンスをくれる為の、石津君の陰謀、もとい、心遣い？

その夜の真木は今までになく、素直でやさしかった。

妹がいる事、実家の事やクラブ内の悩みを話してくれた。

私も、私が指揮者になって以来、気まずくなっているK組との確執を打ち明けた。

話している間に時間は過ぎ、駅に送ってくれたけど、最終電車が目の前で出てしまう。

「僕の下宿に来るか？　汚くしてるけど」

ホテルへ泊まるお金もなくて、ついて行った。

つくづく幼かったあの頃、好きとかいう気持ちとはちがっていたのだろう、お互いに。

寮の小さな部屋の、明かりを落とした薄暗がりの中で、ただただ二人でクラシックを聴きながら、ブラームスの一番の素晴らしさを語り明かし……さすがに明るくなって顔をあわせると恥ずかしかったけど。

手を握る事もない、純粋な、互いが気にかかる「同志」だったのだろう。

そんな、二人きりの時には素直な面を見せる真木は、他の部員のいる前では、決して馴れ馴れしさを見せない。むしろ取りつく島もないくらい素っ気なくて、避けられているようで、私は傷付いた。

小沢征爾やサヴァリッシュを聴きに行って、会ったりしても、

「この間は相談に乗ってくれて、ありがとう」

と声をかける私に、

「君の問題であって、僕には関係ない」

と、突き放すように言う。

露骨に、行き会うのを避けてる時もある。

じゃあ、私の事が少しも気にならないのかと思えば、コッテに私の住む町の様子を聞いたり、後輩の前では私の事をよく話すらしい。

工大の一学年下の、副指揮者下田君が言うには、

「此原さんも真木さんの事、よく話されるんでしょう？」

「いいや、どうして？　別に話さんよ」

「あれー、そうですか？　真木さん、よく此原さんの話ししてますけどね」

って。

まるで幼稚園児が好きな子にわざと意地悪するような、真木独特の照れ隠しだった

のだろうか。

冷たい奴と思っていたら、クラブの用事と言って、他愛もない事で喫茶店に呼び出され、二人でご飯を食べた。

私の食べきれなかったピラフを、

「僕、足りんからこれ食べてもいいか？」

と言って、食べてしまったり。

寄せては引き引いては寄せる、まるで波のような、捕らえ所のない奴。


新人演奏会が終わった後、普通はその時のトップがそのまま、各学校のサブトップとなる。トップ見習いであり、余程の事がない限り、変更となる事はない。

しかし、私は、同期のトップに不満があった。

特に、コンミス。うまいのだけど、私の曲想に寄り添う感じがない。

私のうたうメロディーラインが捉えきれない。

彼女は中高からの音楽経験者。なのに本気で音楽を考えた事がないのか。

演奏会の前にコンミスに訴えたのだけど、まあ、取りあえずやってみてと受け付けてもらえなかったが、今度は引かない。

このまま彼女をサブにおくなら、私が辞める。自分の目指す音楽が望めないなら、総てを捨てる。

そう言った私に、穏やかなコンミスは、同期でもめたらやりにくくなるけど、そこまで言うのなら、自分で話して解決してと言った。

事前に、２クラのアベさんに打診。

「私の目指す音楽に、ついてこられるか？　コンミスとして、私の片腕になれるか？　やると決めたら徹底的にやりたい」

と。彼女は、高校時代ギター部にいたと聞いていた。

今のクラブに彼女を誘った子は、あっという間に辞めていき、彼女もいつ辞めるのかと思っていただけに、今まで辞めずにいて、力を付けてきた事が不思議だった。

淡々としていて人に迎合しない、私とは正反対のタイプに見えていた。

私も人に迎合しないが、私の場合、排他的で、攻撃的でさえあった。

クラスもちがっていたし、たまたまゼミが一緒で、趣味に若干共通点があるのかなくらいだったので、一年の時には挨拶程度で、ほとんど話した記憶もない。

むしろ一年の基礎練習期間、皆の憧れの響子サンの楽器を使わせてもらっていて、クラの同期から嫉妬と羨望の目を向けられていたのに、それに気が付きもしなかった程のマイペースな彼女。

指揮者に、と望まれ始めてから、クラブを離れてもずっと群れていたK組メンバーから自分達とはちがう人種、的に、私ははずされつつあった。お酒を飲み煙草を吸って、いっぱしに悪ぶって、破滅的な詩を連作し、今まで人には明かせなかった、孤独と弱さを少しだけ共有できていた仲間だったのに。

共に旅行して、ミュージカルを見て、電車のストの時は、知り合いのアパートやホテルに泊まり、夜が明けるまで語り合ったのに。

女同士というより、まるで男同士のような付き合い方や言葉遣いで接する関係。

指揮者を引き受けたら力を貸してくれるか、と聞いた私に、クラブに関わっていても、どっぷりと浸かりたくないと答えた彼女達と、袂をわかちかけていた。

その頃からか、ウィーンフィルやベルリンフィルのコンサートに、一緒に行くようになったアベさん。

「私でよければ」

と、あっさり、コンミスを引き受けた。

肝心の、由良との話し合い。

ある日、空き教室に彼女を呼び出した私は、飾る事なくはっきりと言った。

「指揮者を続けるなら、私は学校生活の総てをかけたい。その覚悟がないと到底できんと思う。ごめん、あんたとは組めない。2クラトップで頑張ってくれない？」

「私のどこが気に入らんの？」

私は、自分の目指す音楽を話し、新人演奏会でもそれを求めて得られなかった事実を告げた。

女ばかりの私立の中高出身の彼女はプライド高く、自分が拒否された事を認めたくなくて、クラブを辞めるの死にたいのと言い出す。

二人とも泣きながら話した。今思えば、思いやりのない仕打ちをした私。

しかし、完璧を求める私は、妥協できなかった。

それはすぐに同期に伝わり、トン子にも激しく非難された。

「此ちゃんの言葉はカリスマ的で、人に対してすごく影響力を持っているんだから、欠点とかズバズバ言われたら、言われた側はどんなにショックか、考えてものを言ってよね」

「えっ？　高校の時なんか、性格とか友達と話した事なかったの？」

「此ちゃん達みたいな、共学から来た人には、女ばかりのデリケートさはわからんのよ。当たり触りのない話しか、できるわけないじゃない」

「それでも友達と言える？　全開にはできないけど、私は話せる友がいた。言葉にしなくても、読み取ってくれる仲間がいた。きれい事だけで庇い合ってきたの？　あんた達」

そう、高校のクラブでは、コンミスの私を支えてくれた仲間がいた。

県外の大学に行き、別々の人生を歩んでいるけど、高校のクラブのOBとして、夏休みの合宿や練習に後輩を一緒にしごきに行って、「ベルサイユのばら」の、アンドレと呼ばれている友がいる。

腰までの長い髪と、いつもジーンズばきで化粧気がなく、厳しくしごく故か、共学なのに私に憧れ、私を陰でオスカル様と呼ぶ、後輩の女の子達。

自分に自信がなくて、でも本当は自信家の一面を持つ私のプライドを、少しだけくすぐってくれる後輩達。

実際に、私に憧れ、同じ大学同じクラブに入ってきた後輩もいたのだった。

それも、同級で途中でクラブを辞めた、声楽家を目指す一応トモダチの妹。

共学と同性の学校はちがうのだろうか、私には、いいところだけしか見せ合わない友達関係なんて信じられない。

総てではなくても、手の内を少しは晒して初めて、友を得る事ができると思っていた。

物心ついた時から目立たない人間だった私は、高校から少しずつ性格改造を試みて、自分を人にわかってもらう努力をしてきたが、自分では、カリスマ性のカケラもあるなどとは思ってもみなかった。

持ちたいと願ってはいたけど、私は、『車輪の下』（ヘルマン・ヘッセ）のデーミアンを求める側の人間であって、デーミアンになれるなどと思い上がりはしなかった。

結局、なれないままだったと思っている。

トン子の言う、カリスマ性のある物言いは、時に武器として使えると、初めて認識した。

そう言われてみれば、私が好んで使った言葉、例えば「おぞましい」とか、挨拶がわりの「ハッピー」とかは、あっという間に、他校にまで伝染して行き、皆の合い言葉のようになっていた。

K組メンバーのハナ、強がっていてもけっこう真面目で、メンバー中一番私に性格が似ている彼女に、打診した。

「由良がいやと言うなら、２クラトップを受けてくれる気はないか」

と。彼女は、人との関わりを嫌うくせに、妙に人に気を遣う。

由良に対する私の仕打ちを責めて、涙をこぼした。ハナの涙を初めて見た。

「ゴサクは残酷よ、人を傷つけて。由良を排してまで、私にやれというのか！」

私が指揮者にと指名され始めてから、K組のメンバーは本名で呼ばず、マンガの「つる姫じゃ～っ！」の登場人物名で、呼び合っていた。

ハナ、ツル、イネ、ゴサク。

私には、つる姫の友達の優等生の名前、ゴサクが割り当てられた。

一目置かれてはいたものの、それは、他のメンバーとの距離が、的確に表されていた。

「仲良し集団で何ができる？　音楽はごまかしがきかない。やるからにはベストを尽くす。川田先輩はもちろん、べべ先輩もその上の、あんたが神様のように想ってる響子サンも乗り越える。真木にもコッテにも負けたくない。絶対に私の目指す音楽で、人を感動させてみせる。K組にも協力してほしい……けど無理なら、せめて、私の足を引っ張る事だけは許さない！　これだけは忘れるな」

ハナは、私を残酷だと言って責めた。人の気持ちになってみろと。

ならば、私の気持ちには、一体誰がなってくれるというのか……。

ハナは、せめて一番性格が似ているハナだけは、私をもっとわかってくれていると思っていた。そう叫びたい気持ちを必死に抑えて、きつい言葉で、この日を限りにはっきりとK組と決別した。

サックスも、派閥が二分していた。

新人演奏会でトップをした穏やかなヨシちゃん。プライドが高くて負けず嫌いのノブ。

競ってくるノブに、いたたまれない雰囲気に追い込まれたヨシちゃんに、見かねて声をかけた。

「私達の代はベースいないよね。ヨシちゃん、やってみない?」

「うん、いいよ」

サックスに思い入れがあるかと思いきや、やさしい性格上辛かったのだろうか、あっけない程の即答。

世の中狭いもので、彼女とは高校がちがっていたが、彼女の従姉妹は、私の高校の後輩で、私のファンのバスクラ吹き。

ホルンはトン子、バリトンはトクと決まっていたし、彼女達もクラからの途中転向組であったが、これで、私達の代のトップが、ほぼ私のもくろみ通りに決定したのであった。

もちろんその日から、私達が最高学年になる時の為に、先輩の音のきれいさと、技術面での向上を各人に、それぞれの性格に合った言い方で、事ある毎にちくちくと言い聞かせて、洗脳していった事は言うまでもない。


二年生の終わりの事、毎年五月末にある四県合同の地区ブロックの演奏会の準備委員会があった。今年はH県の担当。
二、三校のグループステージ「小合同」と全校の三、四年だけの「大合同」といわれるステージの、大掛かりな演奏会である。
クラブ役員と次期正・副指揮者の会議。

聖女は、クジで新人演奏会に続いて、また工大と組む事になった。

ここまではよかったのだが、うちの正指揮者川田先輩が何を血迷ったか、大合同に立候補してしまった。

もしやと思い、事前にクギを刺しておいたにもかかわらず……。

堂大の指揮者も、自分がやるつもりだったくせにタイミングを逸して言い出せず、あっという間に決まってしまった。

ということは、肝心の小合同を振るのは、真木と……私……？

「絶対いやだからね。ここから飛び下りてやる！」

と、抵抗したけれど、いつもは二階にある喫茶店でする会合が、場所が取れなくて生憎と、地下の茶店。地下では飛び下りるとの脅しも利かず、私の発言は敢え無く却下。

自分の学校の定演も振ったことのない指揮者が、地区ブロ（地区ブロック演奏会）を振るなんて、前代未聞の事。

ましてや地区ブロは、女で振れるのはうちの学校の四年だけ、それも今回からで、他校の女子大の四年でさえも振らせてもらえたことがないのに、三年で振れと言われても……地獄は目に見えている。

じたばたする私に、真木が一言。

「決まった以上は、頑張ろうや」

帰りに乗った電車の中で、聞こえよがしに投げつけられた、堂大の正指揮者の皮肉。

「まさか、女が大合同に立つなんてね。気の弱い僕には勝てないよ」

こっちだってとても迷惑してる。さっさと立候補してくれれば、私が引っぱりだされる必要はなかったのだから。

　おかげで、十月の定演まであるはずの余裕が五月に、それも、上級生のいる他校を相手にしなくてはならなくなった訳で、文句はこちらが言いたい。相手が他校の上級生では、それも言えず、唇を噛むしかなかった。


　思っていた通り、合同練習初日、工大のほとんどの上級生は来ず、来た上級生にはっきりと言われた。

「三年がトップを取るうちの学校では、地区ブロが俺達にとって最後のステージ。俺達の代には指揮者がいない。ずっと年下の真木の指揮でやってきた。せめて最後のステージくらい、同級の指揮でやりたかったのに、また年下か。それも女か」

　返す言葉もなかった。気持ちがわからなくもない。

　でも、私だって望んだ訳じゃない。私も被害者だ。

　真木が選んだ曲は、「亡き王女のためのパヴァーヌ」、私は「皇帝円舞曲」。

　パート練習に各パートの部屋を回れば、

「今うちの曲をやっている。じゃまだから出て行ってくれ」

　と、示し合わせたように、追い払われる。

真木も、上級トップで緊張感があり、余裕がない。

寒い冬、どこにも居場所がなくて、雪の工大の非常階段で、凍える手を摺り合わせながら、ひとりっきりで指揮の練習をするしかなかった。

惨めで、不安で……泣きながらの練習。

そんなある日、珍しくK組に誘われて、練習日をずらして、近県の港まで片道四時間かけて、親には内緒で文通相手に会いに行った。

半年前の公園で、ツルが出会ったギリシャ人の船乗りの、ギリシャ彫刻のようなパノスのカッコよさに釣られてついて行って出会い、文通をしていた、限り無く日本人に近い顔だちのフィリピン人ドナトも逢いたがっていると聞いたから。

結構、英語で会話ができて、楽しかった。

船乗りといっても、皆紳士で、キスもしない、ただ手をつなぐくらいの、淡い恋。

互いの近況を英語の手紙でやり取りして、結構意思の疎通を図れていた。

後日、亀正に練習日を変えた理由を糾されて、

「すまん、デート」

と答えると、一瞬あっけにとられて、

「此ちゃん、まじめと思っていたけど、そんな事もあるんだ、何だか安心したよ」

と笑った。

もてない娘を気遣うパパみたいな事、言うなよ。

何度か会って、二年近く文通して。父は手紙が来る度、船乗りは許さんと怒るし、ドナトの手紙は、どんどんエスカレートして行って、

「ユーアーマイラブ、マイサン、マイエブリシング……」

なんて情熱的になってきて、もうプロポーズの洪水。

手紙とは言え、サンキューともイエスとも応えられず、結局、逃げ出してしまった私。

どうも私の恋愛パターンは、数年に一度、片思い。向こうから好きと言われたら逃げてしまう。臆病なのか煩わしいのか……好いてほしいのに、人から好かれる事になれていなくて、片思いをしている自分が愛しい、と思うタイプなのかもしれない。

初恋は幼稚園の時。

男二人、女三人の仲良しグループの中で、松井君は、しいちゃんが好きなんだと思っていた。ずっと、私だけの片思いと思っていた。その松井君は小二の時に転校し

て行った。

中学二年で、しいちゃんが転校する時、

「私は松井君が好きだったのに、松井君はあんたの事が好きだった。知らなかったとは言わせない！」

しいちゃんは、頭も良くて歌もうまく絵もうまくて、何でもできて、私なんか、同級でも尊敬さえしていたのに、最後になって投げ付けられた恨みの言葉。

喜ぶよりも悲しかった。しいちゃんの事、大好きだったよ、憧れてたよ。

小三の時から、私が小説家に、しいちゃんが漫画家になって、いつまでも仲の良いライバルであろうねって、約束したじゃない。

なのに、しいちゃんにずっと恨まれてたのかな。

松井君がいなくなってから六年間も……。

そういえば、いつも皆で遊ぶと、松井君が王子様で私がお姫様、さらわれるのを助けに来てくれるパターン。

奥手で、自分に自信のない私は、それこそ女王様のようなしいちゃんよりも目立たない私が松井君に好かれてたなんて、ほんとに思いもしなかった。

　高校では、オールラウンドマンとも言うべき、頭が良くて運動もできて絵も上手く歌も上手く、サックスのうまい先輩をカッコイイなと思った。すごすぎて近寄りがたいのだけど、いつも、クラの私は、合奏の席の関係からサックスの先輩の顔を正面から見ていた。逆光の向きにいるその人は、筋肉質でテンパーでまるでミッシェル・ポルナレフのようだった。クラブ内でも上級、同期、下級生と、何人もあの人カッコイイよねと言っていて一番人気で、競争率高い人だから、目立たない私なんかに、気付きもしないと思っていた。

　高校野球の応援に行く為の、楽器の整備をしていた一年の夏休み、

「ちょっと誰か、ハサミ取って」

と言われた時に、ハサミに一番近かった私。

はい、と小さく返事して、ピアノの上から取り上げたハサミを持って振り返ると、じっと彼が見つめていた。

　何だか視線が痛くて、ギシギシとロボットのように、ぎこちなく手渡しに行った私に、にこりともせず、ありがとうと。

　恐かった…私なんか、気に入られないよな、と思ったあの日。

　それきりあまり関わらないようにしてきた。

大学に入って、夏休みに、高校の演奏会にOBとして聴きに行き、終わってから皆で喫茶店に行った時、近くに座った彼がわざわざ身を乗り出して、ぽつりと言った。

「変な頭。何？　その髪型」

「えっ、変ですか？」

「パーマなんか、かけるなよ」

「いけませんか？　これ」

「ああ、だめだ。全然似合ってない。あの時の、あの髪型が可愛かったのに」

えっ、えっ？　何、それ？

もしかしてあの緊張しながらハサミを渡した日の、昔の女学生がしていたような前横の髪を上げて大きなリボンを結んでいた、あの日の髪型……？を、覚えていた？

……何だったんだろう？？？それって。

三年も経ってるのに……今までそんな素振りもなかったし、まして、私が、一緒にK大に行ったクラの先輩に告白したの、仲良かったから、聞いてないはずないよね。

そんなコト言われても、うれしいどころか、すごい衝撃だよ。

音楽の授業で歌のテストがあり、音楽の先生曰く、

「ブラスバンドは特に厳しくするぞ」

って、何だそれ？　普通逆じゃない？　クラブ大変だから少しは楽させてやろうとは思わんかね。でも、本当に厳しくて、ブラスでない人はろくに音程取れてなくても、はい合格。

　私の場合、音感はあっても、骨格の関係からか高い声が出ない。シューベルトの歌曲「冬の旅」の思い切り高い出だし「我は過ぎ行きぬ旅人として」の頭の音がとてもつらい。オクターブ降ろせば出だしは楽だけど、今度は低音部が出ない、音域の狭さに、ずっと歌は嫌いだとトラウマになっていた私は毎回落とされ続けて、放課後追試に音楽室へ。

　歌う決心が付いた人から、ハイ、と手を挙げて先生に指名された順に前に出て、先生のピアノ伴奏で歌い、合格と言われたら良し。言われなければ毎日放課後音楽室通い。

「次、島田」

　と呼ばれて前に立ったポルナレフ先輩、からたちの花を歌った。

　こんなに上手いのに、何で追試？　優しい声で、とても表情豊か。クライマックスも捉えていて、音程も確かなのに。私にとっては彼の歌声が聴けるのはとてもラッキーな事ではありましたが。

次の年には、やはり高校の二学年上のトランペットの先輩に、演奏会後の打ち上げの帰り、道が同じだから送って行くと言われ、タクシーを拾えるところまで並んで歩いていると、突然、持っていた大きな花束をくれて、曰く、

「なかなかお嫁に貰ってくれる人がいなかったら、僕のところに来ないか」

とても面白い、ユニークな人だから、当然冗談と思ってその場のノリで、

「いいですね、それ」

と言ってしまったら、冗談じゃなかったらしくて、電車で会う度、馴れ馴れしく手なんか握ってこられるようになって。

K組も気を利かせて二人だけ残して別の車両に行ってしまうし、一度高校のブラスの演奏会の受付を手伝ってたらやって来て、ポルナレフ先輩の前でも、恋人のように肩に手をかけてこられ、ポルナレフ先輩は私達の関係を勘違いして、さっと席をはずしてしまった。

関係なんてないですよって言い訳もできなくて、嫌になって、トランペットの先輩から逃げ隠れした。

高二の時には、ポルナレフ先輩と一番仲のいいコンマスに、告白した。

ちょっとドン臭いけどやさしくて、サックスの先輩よりは可能性があるかと思った

けど、振られてしまった。

多分、彼が好きだったのは川田さん。

川田さんとの長年の確執は、お互いに、それに気付いている事も影響していたのかもしれない。

一度など、私があちこちに働きかけてOBだけでステージを持てるようにいい話になったところを、川田さんがその苦労も知らずに、無理よ、の一言でぶち壊してしまった。せっかくせっかく、実現まであと一歩だったのに。無性に悔しかった。

大学になって、久しぶりに、コンマスだった先輩に会って話していると、

「此原さん、此原さん」

と呼ぶ声。高三の時同じクラスだった欣哉。

「彼、話したそうにしてるよ。行ってあげたら」

「あ、同じクラスだっただけなんで、いいんです」

せっかくの大好きな先輩とのささやかな幸せの時間の邪魔するなよ。

振られちゃってるけど、誠実なこの先輩と、話ができるだけでもうれしいのだから。

お母さんにも知られているらしくて、いつだったか用事で電話した時、お母さんに、

「私、ざっくばらんな母ですから」

と、言われて驚いた。何なんだ、この言葉……私もいつか、子供に彼女ができたら、言ってみるか？

二年の時、校庭ですれちがった私に、唐突に、笑顔でさよならと声をかけてきた欣哉。面食いの私は、こんな子いたっけと思ったくらいで。

その後、私のクラスに入り浸るようになって、にこにこ話しかけてくる。

しばらくして、誰かが言った。

「ねえ、欣哉って好きな子できると、その子の前をちらちらして、女の方から好きだって言わせるんだって。このクラスの誰かな」

なるほどね、と思い当たった。

悪いけどその手には乗らない。

翌年、偶然同じクラスになってからも、急に私を振り返ってにこっとしたり、放課後、私だけでいると、急に前の席に椅子を跨いで、私の方を向いて座り、

「此原さん、真面目だね。僕も頑張ったら、此原さんと一緒の大学、行けるかなあ」

と真顔で言う。

兄と街中の時計屋のショーウインドウを覗いていたら、突然、兄と私の間に割り込んで、

「此原さん、こんにちは。僕達、よく会うね」

兄の、無視されてむっとした顔が、すごく可笑しかった。

まあ、いくら欣哉が同じ大学行きたがってくれても、女子大じゃ無理だった訳だけど。

細かいのになるともっとあるけども、いつもいつも、想う人には想われずって感じ。

たまに、相手も想ってくれていても、それに気付かない、要領の悪い？私。

大学でもてても、もっぱら同性じゃあね。

恋愛運のない私。嗚呼。


で、地区ブロの合宿。合奏でリタルダンドをかけても、無視して、そのままのテンポで吹き続ける、工大四年のトランペット。

曲を止めて言う。

「すみません、Cの三小節前から、リットお願いします」

「わからなかった」

「楽譜にも書いてありますし、指揮を見てもらったら」

「その指揮じゃわからん！」

もう、イジメ以外の何ものでもない。真木でさえも、振っている途中でその先輩と目が合うと、吹くのを止めて手をひらひら振られたり、若干いじわるされていた。

今まで知らなかったけど、一学年下の指揮者というので、彼も、結構辛い目に遭ってきたのかもしれない。

新人演奏会の時とは、全くちがう雰囲気。真木もにこりともしない。

トップはどちらも上級生で、トップ会議でも、浮いている私。

同期は責任のない立場で、工大の同期達と騒いで楽しそう。

指揮者の孤独。誰一人、助けてはくれない。

ひたすら、自分の未熟さを思い知らされる合奏時間。

たとえ奏者が好意的であっても、指揮者の孤独は如何ともしがたく、自分との闘いに精魂尽き果てるというのに、こうまで四面楚歌にあっては。

他校の上級生には、私のカリスマ性は利かないのか。

K組もアベさん達同期も、何も気付かない。

ついに中盤、夕食中不覚にも、ぽろりと涙をこぼしてしまった私。

合宿所から脱出したい。今すぐ逃げ出したい。

でも私、方向音痴だし、団体バスで連れてこられたので、ここがどこだかわからない。

私だって一生懸命やってるのに、誰もわかってくれない。

私の涙を見た同期の何人かは、ただ驚きに目をみはるばかりで、慰めても励ましてもくれない。

わかっている。ただ、見てはいけないものを見てしまったような顔……。

わかっている。誰にもどうしてくれようもない、私だけに課せられた試練だと。

何年経っても未だに工大と聞くだけで、その時の辛さと悔しさが心の中を波打たせる。辛く長い合宿。真木さえも冷たく……。

ああ、言われなくてもわかっているよ。真木が振る時と私の時では、悔しいけど、同じメンバーなのに引き出す音がちがう事。真木に甘えられるはずもない事も。

僅かに残っていた理性のお陰で、叫び出さずにひっそり流す涙は、僅かな同期にしか知られずにすんだ。

声を漏らして泣く事は、自分自身が許さない、それは、人ではなく、自分に負ける事だから。

そんな中、少しずつ、私を理解してくれようとしたのが、２クラの工大トップ。ワルツの軽快なメロディーを、体でリズムを取りながら吹いてくれるようになった。

一生懸命の私を認めてくれて。うれしかった、とても。涙が出るほどに……。

長くて苦しい練習期間が終わり、演奏会当日。

ステージ袖で、初めて真木が、いよいよだな、頑張ろうな、と微笑んでくれた。

私も、見つめ返して頷いた。

大好きな、私の円舞曲。

初めての地区ブロデビュー。

せめて、好きな人とのダンスのように、やさしく軽快に棒を振る。

三拍子の頭だけを打点にして、大きく優雅に円を描く。

左手で表情豊かにうたわせる。

振っていても気持ちいい、ベストテンポ。

工大の、対立していた上級生も、真剣に指揮を見つめて演奏してくれ、指揮棒を下ろした時に微笑んでくれた。

終了後、バリトンの小野君が、数枚のアンケート用紙を持ってきてくれた。

「此ちゃん、これ読んでごらん」

一番良かった曲の欄に、私が振った皇帝円舞曲と書いてある。

感想の欄に、皇帝円舞曲を振った指揮者が素晴らしかった、と書いてある。書いてある言葉のうれしさと、それを私に見せてくれる小野君のやさしさに、しばらくは言葉もなかった。

打ち上げの席、真木が横に座ってきて、言った。

「化粧なんか、するな」

「いいじゃん。演奏会本番口紅だけつけるくらい。他の子なんかしっかり化粧してるよ」

日頃口紅さえつけず、スカートもはかず、真木に女女したところを見せた事などないのに、傷つくじゃないか。

「あんたは本番でも、口紅つけるな。指揮者を女なんて思わないからな」

「あんたの指図なんか受けないよ」

どっちも意地を張って、可愛げがなかった。

一敬が、「此ちゃん」と憂いを含んだ声で言いながら、私の肩にガバッと腕を回して、テーブルに顔を伏せた。

わっ、かっこいい。ちょっとセクシーで、ドキッとした。

背は高いし、恐いくらいシャープな瞳をした彼。

でも好きと言うのでなく、仲間としての感想だけど。

「よく頑張ったね、先輩達もそう言ってた」

「ありがとう。でも、真木には口紅なんかつけるなって、怒られた」

「へー、真木がそんな事言った？」

「いいじゃんねぇ、私だって女だよ、一応」

「えっ、そうなのか？」

慰めてくれてるのかちゃかしてるのか、わからない奴。


その後、また飲む機会があって、何故かまた真木と二人きりになった。

近頃では自分の限界がわかり、うちの学校の飲み会では醜態を晒すこともない。

飲んでいる振りをしてうまくセーブして、でも場を盛り上げて、下級生の介抱をする側にまわっていた。

いつも心の中は素面と気付かれないように。

いつでも、何事にも頼れる、そつのないセンパイを、演じていた。

その日は、あまり飲んでないわりに酔ったようで、真木が介抱してやると言うので、下宿への道を手をつないで歩いていた。

公園を見つけ、少し休みたいと言う私に、真木は付き合ってくれた。

「よー、彼女酔っぱらっているじゃないか。介抱手伝ってやろうか」

知らないお兄さん達が言うのが聞こえた。

「いいえ、大丈夫です。家は近くですから」

そう返事をして、真木は私を引っ張って立たせて、歩かせた。

「もっと公園にいたかったのにー」

と、ハイになっていた私が言うと、

「馬鹿、恐いお兄さん達だったんだぞ。素直に引いてくれたからよかったけど、やばかったんだぞ」

その時は笑ったけど、後で考えたら、守ってくれてたんだ、私の事。

「あ、まずい。井田さんだ」

そう言った彼は、でも取り乱す事なく挨拶をした。

私は、雨が止んだのに手を引かれながら開いた傘を振り回していた気がする。

「井田さんてどこの？」

「うちのクラブのトロンボーンの」

「えっ、あの井田さんだったの」

「まずいなあ、僕のとこ泊まるの知られたけど、いいのか?」

少しだけ酔いが覚めた。

真木の部屋に着くと、いきなり気分が悪くなる。

「ちょっと待て、まだ吐くなよ」

そう言ってすぐに、洗面器に新聞紙を敷いて私に渡し、背中をさすってくれた。

しっかり吐いてしまって、濡れタオルで顔を拭き寝かせてくれた。

夜中に目が覚めると、クラシックが流れていて、

「目、覚めたか。大丈夫か?」

「うん。迷惑かけちゃってごめん。井田君にも知られたんだよね」

「まあいいよ、彼は言いふらしたりしない。こんな日もあっても、いいんじゃないか?」

私の重圧を、さりげなく下ろしてくれる。

何故、二人の時だけやさしいのか、聞きたくても聞けない。

「飲むか? これ、変わってるだろう。ミルクセーキなのにホットなんだ。さっき買ってきて、まだ温かい」

「えーっ、ホットのミルクセーキ？」

げっ、こんな気分の時に、ミルクセーキのホットか？　変な奴。

「ジーンズの脇のところが破れてね、縫ってくれる人いないし」

ここでジーンズ縫ってたら、人生変わっていただろうか。

コンタクトを外している今は、裁縫道具を持っているかどうか確かめもできず、結局黙っていた。

今のように着装したまま寝られるコンタクトができていれば、私の人生は変わっていたと思う場面が、いくつかある。

大学からは今までとはちがった人生を歩もうと思って入れたコンタクトは私にとって、少しは自信を持って行動する為の、必須アイテムだったのだ。

異常な読書量を誇る私は、高校から授業の時だけメガネをかけていた。

目が見えにくいということで、もともと自分の価値のなさを知っている私は、ますます自分に自信をなくし、劣等感のかたまりだった。

それがいやで、大学からは別の人生を、もっと積極的な自分を引き出したいとの思いから、決心してコンタクトにしたのだった。

ならば、こういう時にはメガネを持ち歩けばいいものを、あんまり人にはかっこわるいメガネ姿を見られたくなくて、うちのクラブの合宿の時しか持ち歩かない。

誰も知らない私の劣等感。

知られたくない自分の弱さ。

そんな自分を誰にも知られたくなくて、いつも肩張って突っ張っているから、人から見れば、結構自信家で生意気に見えていたかも。

知られたくない反面、誰か本当の私を見つけて！と、心の中で叫んでいた。

真木もそれを知らない。知られたくない気持ちも真実。

物心ついた時から自分で気付いていた二面性。

何事も一つに絞れない、正反対の二つを同時に選んでしまう私。

人に理解してほしいのに、人の手を払い除けてしまう私。

この世で一番嫌いな、たぶん一番愛しい自分。

とても不器用で、要領の悪い、でも、要領が良くて器用な人間が嫌いな自分。

本当は、そんな人間になりたくてもなれない、ひがみかもしれない。

真木の前でも、どうしてもっと素直な自分を出せなかったのか。

それは今も続いている。

結局、男同士のようなのりで、また音楽談義を朝まで。

近くの喫茶店でコーヒーを飲み、トイレでコンタクトを入れたら、やっとまた鎧をつけたいつもの私に戻る。

真木も、私の昨日の醜態に触れることはない。

「あっ、H駅で待ち合わせしてたのを忘れてた！」

真木と二人で急いで近くの駅に急いだが乗り遅れ、バスで行って、一時間遅れることとなった。H駅に着いて、私は聞いた。

「待ち合わせって誰と？」

「一敬と。ほらそこに」

早く言えよ。しっかりと顔を合わせてしまったじゃないか。

怒った顔をしている。恐いよう！

井田君より知られたくないとは思わなかったのだろうか。

引きつった笑いを浮かべて、こんちはと言ってそのまま逃げるように帰った。

それから間もなく、アベさんと浴衣を着て浴衣祭りに行き、帰りが遅くなったのでアベさんちに泊めてもらった。

翌日、荷物を持ったまま、どこかのコンサートへ。

一敬が私を見つけて、話しかけてくる。

「此ちゃん、何持ってんの？　そんなにたくさんの荷物」

「昨日ね、浴衣着て祭りに行って、アベさんちに泊まったから」

「この不良指揮者！　ちゃんと家に帰れよ。この間は真木の所で」

言いかけた一敬にかっとして、

「うるさい！」

って、膝蹴りを入れかけたところに、聞こえてきた女の声。

「ちょっと、あれ聖女の副指揮者よ」

思わず、上げた足を空中で止めて声の方を見ると、どうもうちをライバル視している杏女の者らしい。マズったか。

聖女は県内で有名なお嬢様学校なのに、ましてそこの指揮者が凶暴、との噂が立ってはたまらない。

「余計な事は言うなよ！」

と、一敬を睨み付けて釘を刺し、その場を離れた。

地区ブロが終わって、本格的に秋の定演に向けて、選曲、一年生への指導と、各学校別に動き出した。

私が勧誘した一年生は、確実に入部した。

辞めたいと言い出した後輩も一人一人、私が話すと全員、辞めずに残った。

絶対に後悔させない、素晴らしい演奏会にしてみせると、どの子にも約束した。

クラブがない日、ほとんどない事だがたまに構内でスカートをはいていると、出会った後輩が、

「此原先輩、女装なんかしないで下さい！」

と叫んで、言うだけならともかく、マジでしゃがみ込んで泣き出す子まで。

これが冗談ではないから、もう、シャレにならない。

テストで再試になって、抱きついてきて泣きじゃくる子らもいた。

おかげで服の肩がすっかり濡れてしまったが。大丈夫、私も一年の時に再試受けた。

公開ゼミに来た他校の女の子達が、すれ違う時顔を赤くして、

「あっ、此原さんだ！」

と言う。見覚えのない顔。

隣のアベさんに怪訝な顔を向けると、

「ああ、あの子ら、H大のブラスだわ」

学校内でも校外でも、よくそんな事があった。

陽射しに弱いせいもあり、いつもサングラスをかけていた。

一年の時には腰まであった髪を、指揮者になってからばっさり切り、いつも、二十七インチでまだゆるいジーンズに男物のシャツかTシャツ、化粧気もなく、胸が小さいというコンプレックスを持っていて、男口調。

それもまた、女に見えない要因だと、私も知らぬ訳ではない。

男装しているつもりもない。

教職を取る事もやめて、指揮者を全うする為には、女である事を捨てなければ。いや、いい音楽の前では男とか女とかの区別はないし、女だったらどんなでも許される、的な甘えを自分に許せなかったから。

とはいえ、うちの学校だけでなく他の、それも共学の学校にも男女共に私のファンがいるのに気が付いてからは、意識的に人に対して隙をみせないように、ほどほどのアドリブと厳格さ、カッコいい指揮者・先輩としての演技を、自分に課していたのも事実。

ある日、小学校の時の私の担任だった先生の娘が大学に上がり、ブラスでもうちの生徒でもないのに、練習を見に来ていたのには、驚いた。

「えっ、かこちゃん、なんでここにいるの？」

と、聞くと、

「このクラブに友達がいるんです。それに私、小さい時から、母からいろいろ此原先輩の話聞いていて、先輩のファンだったから。いけませんか？」

別に、練習見られて悪い訳じゃないけど、キラキラした目で見つめられていたら、ちょっとやりにくいかな。

一年しかちがわないのに先に卒業する短大の子が、演奏会の打ち上げで、

「私、もう此原先輩の指揮が見られない」

と、泣き出したら、同級の四年制大学の子が、

「私はもう一年見られる」

と言いながら同じように泣くので、何なんだこいつら、と思ったこともある。

二学年以上離れると憧れの対象となり得るが、たいがい一学年差は、憧れの対象よりも競る対象になりやすい。短大のノンコは、普段から私に対する気持ちを周りにも隠そうとするところが全くなく、彼女の同級も協力して、合宿で他校の皆と話しているところへ、

「ノンコが気分が悪いと言うので見てやって頂けますか」

とか言って、私を連れ出しにくる。向こうの気持ちを知っていて邪険にもできず、行くと、「先輩」と言ってしがみついてくる。

突き放す訳にもいかず、背中を撫でてやる。慕ってくれて可愛いとは思うが、君はべべ先輩のファンだっただろうが。

同性にでも、好かれて悪い気はしないけど、私はノーマル。

場の成りゆきで肩を抱くことはあっても、恋愛感情で抱いたことは一度もない。

自慢にならないけど、異性ともそういうことがなかった。

じゃれあって肩を組んだり、抱擁しあったりした事はあっても、誰にも、抱き締められたいとか抱き締めたいとか思ったことがなかった。

奥手なのと潔癖性なのと……。

音楽仲間として、もっと会いたいとか話したい、であって、本気で人を愛した事がなかったのだろう。

ずっと長かった髪の毛も、他人だけでなく、親兄弟、美容院でさえ触られるのがいやだった。

高校時代K駅で電車が止まり、振替輸送ということで乗ったバスで途中から乗ってきた男子校の奴が、私の横に立って、おさげにした私の髪を触ってきた。

いやでいやで、殴りつけてやりたい気持ちを抑えていたら、そいつと同じ学校の子が、

「やめろよ、いやがってるだろうが」

と言って、そいつと私の間に割って入ってくれた。

内気な私は、助けてくれた男の子にさえ、ありがとうも言えず、乗っている間の長かったこと……。


川口さん宅での指揮の練習もずっと続いていた。

メトロノームで、打点を正確にとる基礎練習。

リズムの基礎という、リズムだけの音符が列んでいる本で、正確に、リズムを棒で表す練習。

いろんなクラシックも聴かせてもらった。

アバド、マゼール、カラヤン、ベーム、サヴァリッシュ。

同じ曲を、ちがう指揮者で聴き比べたり、総譜（指揮者用の楽譜）を見ながら曲想について話し合ったり、厳しくて楽しい時間。

休日には、お弁当を持って、公園で練習。

市民クラブの練習も、時々見学した。

声楽、バイオリン、ピアノなど、賛助出演者の紹介もした。

高校ブラス時代の先輩後輩の人脈が、思いがけず役に立った。

うちの大学のコーラス部を紹介して、大規模な演奏会にしたこともある。

川口さんは、自分が振った後、必ず私に、

「どうだった？」

と、意見を求めてこられる。

リハ（リハーサル）で吹けない人を思いやるあまり、自分の求めるテンポを諦めて、本番を迎えようとされた時も、

「川口さんの思っておられるテンポで、皆ついてくると思いますよ」

と、言ったこともある。本番のテンポは、正にベストテンポで、大喝采！

部外者なのに、まるで音楽監督みたいに、賛助に指示を出したり。

「ここ譜面が間違ってます、次の小節の頭とタイにしてもらえますか」とか。

川口さんは、にこにこして、私のしたいようにさせて下さった。

社会人になってから始められた人達もいて、その人達は私の事を知らないので、何

者だあいつは的な視線も感じてはいたが、川口さんの音楽に浸っていたかったので、全く気にとめなかった。

　今思えば、恐いものがなかったな。よその、それも皆さん年上の、社会人クラブにまで口出ししていたのだから。

　今はまた、元の人嫌いに戻っている私の、パワー全開時代だったと思う。


　相変わらず、うちのクラブでは、川田さんとの確執は続いていて、最後の定演に、大栗裕とショスタコーヴィッチの曲を選んだ川田さんは、初夏のある日、ショスタの五番で音量を要求する。

　変則的なテンポに不馴れなうちのメンバーには、まだ音を追いかけるだけで、余裕がない。

　あーあ、その服装で、手だけ振り回してフォルティッシモと叫ばれてもねぇ。

　醒めた目で見る私に気付いて、五分の休憩を言い渡し、私を別室に目で誘った。

「此ちゃん、あんな目で見てられたら、振りにくいのわかるよね。ショスタ、高校の時にも一緒にやったし、もっと皆をリードしてよ」

「川田さん、もっと音をってね、音が欲しいなら、皆が音を出せる格好をするべきじゃないですか？　その服で出せる音ってあんなもんよ。川田さんがスカートで振るのは仕方ない、私は嫌いだけど。振るには振る格好、人を引き寄せたいなら引き寄せる格好ってあると思う。暑いのは、皆一緒」

喧嘩したい訳じゃない、仲が悪い訳じゃない。

余計な演技をしなくていい、剣を抜き身で突き付けあえる間柄というべきか。

いい意味でも悪い意味でも。

きつい言葉を浴びせても互いに真摯に受け止め、より高みを目指す活力とする。

互いに手の内が読める。

彼女は私を頼りにしていて、時にアドバイスを求めてくる。そして私は的確な答えを突き付けることができる。

卒業して何年も経って、川田さんが電話をしてきて言った。

「此ちゃん、現役時代、いろいろ意地悪してごめんね」

「いいんじゃないですか、私達も競っていたところもあるし、お互いクラブの発展を思ってした事だから」

「ありがとう、許してくれて。一度謝っておきたかったから」

今さら言い出されて戸惑ったけど、ちゃんと自覚があった事に、苦笑させられた。

その日の、ノースリーブのブラウスとスカート姿でフォルティッシモを要求する彼女が許せなかった私は、はっきりとノーと言い、川田さんも応えた。

「わかった。気を付ける」

私は、自分の合奏時間を超えた事が、ほとんどない。

どんなに調子がよくても、きりの良いところで早めに終わる。

逆に、どんなに時間が欲しくても、長引かせる事はしなかった。

川田さんは、こちらの時間までよく食い込んでくる。

それも言いたかったが、我慢した。

時間が長ければ良いという訳ではない。

良い指揮をすれば、短時間でも、指揮者の思い通りに導けるはず。

モーツァルトを選んだ私は、今度の定演で、皆が驚く程の演奏を、指揮を見せてやると心の中で誓っていた。

川田さんや真木のように背が高くない私は、よく指揮棒が見えにくいと言われていたので、三年の地区ブロ前から、定番の指揮棒でなくて、細くて長い取り寄せの指揮棒を使っていた。

そのままでは、男の子程の身長がない私には長いので、持ち手を少しだけ切って、クラのつなぎ目用の、板状のコルクを巻いて、独自の指揮棒を作っていた。

細いので折れやすいのだけど、振った時の、ヒュッという空気をきる音としなり具合が、とても気に入っていた。

合奏中に皆を止めて指示を出しながら、自分の脇腹の辺りを指揮棒でグサグサ刺すのが無意識の私の癖で、その細い指揮棒が、冬は特にセーターなので背中まで突き抜けたりするのを、よくサックスのノブに気が散るの可笑しいのと、笑いながら文句を言われた。

振っていて、皆が変な顔をするので、むっとして止めたら、先が三センチ位のところから折れ曲がっていて、打点がよくわからないと言う。大笑いになった事もあったっけ。

アベさんと、サヴァリッシュ氏の演奏会に行って、前から三列目でかぶりつきで見ていたら、なんと、同じ指揮棒で感激した。

息継ぎまで聞こえ、とても素晴らしかった。

終演後、川口さんと楽屋まで押しかけて行って、サインを貰った。

川口さんが英語で、私が大学のクラブで指揮をしていると伝えると、氏はとてもうれしそうに微笑んで、私の手を握り締めてくれた。

ドジな私はすっかり舞い上がって、持っていた総譜をばさっと落としてしまう。

それを天下のサヴァリッシュが、一緒にしゃがんで拾ってくれたのには、大感激。

凄い人は、気さくでやさしいんだ。

世界広し、といえども、巨匠サヴァリッシュに床に膝を突かせて楽譜を拾わせたのは、私くらいのものだろう。

申し訳なくも、うれしかった。感動、感謝。

小沢征爾の時は、終わって長い列に並んで握手とサインに待っていると、人数が多過ぎてサインだけとマネージャーに言われた。

でも、どうしても握手してほしくて、思わず手を延ばして無理矢理手を握ってしまった。

私にしてみればすごく勇気のいる事だった。

でも、ここでしておかなければ絶対後悔すると思った事は、できるだけ、何事にもトライする勇気を持ちたいと願っていた。恋以外は。

当時、こづかいが月一万で、チケットも八千円から一万。貧乏だったな。

ほとんど休みがないクラブだし、合宿が年七回、お金かかるクラブ。

なので、たまに時間を見つけては、単発的なアルバイトをした。

演奏会のチケット代と、飲み会の費用に充てる為。

人前で物を言うのが一番の苦手とわかっている私は、なけなしの勇気を振り絞る事を自分に課して、恥はかきすてとばかりに、敢えてコーヒーの実演販売、味噌の量り売りなどを選んでやった。

売り場のおばちゃん達が励ましてくれたり、それなりに楽しかった。

某有名デパートに一週間入った時には、わざと社員用語を多用して注意されるとか結構露骨にイビられたけど、度胸も……少しはついたかな。

夏合宿で、近県の山間の青年の家に行った。

中近東からの青年使節団の為の歓迎レセプションでの演奏を頼まれた。

川田さんは教育実習で、合宿に遅れて来ることになっていたから、三年の私が振ることに。

直前になっての依頼に「さくらさくら」や「荒城の月」など日本的な曲を編曲して、楽譜の準備をしなければならなかった。

中近東だけに「月の沙漠」を加え、「グラナダ」をメインに。

ちょうど他県の大学のコーラス部も来ていて、一曲頼まれたらしい。

こちらがメインに据えられたのが面白くなかったのか、何だかつんけん競ってくる。

テンポもちゃんと取れないへたくそ集団に、競られても痛くも痒くもない。

コーラスなのにあの、ブレスを無視した、基礎のできていない指揮といったら……。

「うちの力を見せてやろうぜ！」

トップは一学年先輩だと言うのも忘れて宣言、ウインクした私に、皆、にやっと笑って返す。ダントツの力の差を見せてやった。

しかし、こんな経験もなかなかできるものではない。小さなステージなのでメンバーが上がったら、指揮台を置くスペースもない。

なんと、ステージ下に指揮台が置かれていたのには、驚いた。

いや、リハの時は普通に指揮台はステージ上にあったのに、なんでこうなった……。

亡くなった顧問の先生の追悼演奏会には、奏者がステージの祭壇の方を向くために、客席側に向かって振らされたり……私は、他の指揮者より、たくさんの振るチャンスを貰ってきたが、どうも変わった場ばかり持たされるようだ。

ただ一つ、後悔がある。

すっかり喜んだ使節団、手拍子でのってくれたのはいいのだが、「グラナダ」にはソロがあり、途中でテンポも変わる。

できる事なら客席を振り向いて、指揮をやめて手拍子で、奏者客席一体となって喜ばせてあげたかった。

川口さんはそれができる人。嫌味でなく、自然に客席と溶け合える。

私には、それだけの力と勇気がなかった。余裕がなかった。

何年経っても、未だに心に残っている後悔。

人前に立つのが苦手と言う、最大の弱点。

多分メンバーは、私の落ち込みを知らない。

まだまだ未熟な自分を突き付けられて、自虐的な基礎練習。

過剰な脱力の基礎に、太腿は青タン、手が挙がらなくなって、磁気バンを腕と肩にべたべた貼って、気力で持たせた。


合宿中、家に電話しても、変わりないと答えた母。

合宿が終わって家に帰ると、父がいない。

問い質すと、事故に遭って入院したと言う。

「言うと、合宿抜けて帰るってあんたは言うから」

そうだけど、どうも重体らしい。

翌日、病院に飛んで行った。クラブに遅れるのを承知で。

時間を焦り、自転車ごと転んで、ジーンズも破れ膝から血が滲む。

転ぶ時間は一瞬なのだけど、ああ、転びつつあるなとコマ送りのように景色が見える。反対車線に見えたバスの窓から、何人かが転びゆく私を見ながら引きつった顔をしているのが見えて、一瞬なのに、ちょっとかっこ悪いなと思ってしまう。何とも。

引き返す時間もなく、そのまま病院へ。

何とか息はしている父を見て、すぐに電車で一時間、タクシーで十五分、山手に立つ大学へ。

パート練習が先で、全く迷惑かけてないはずが、練習後のトップ会議で、厳しく追及される。

「此ちゃん、副指揮者が遅刻というのは、下級生への示しがつかんよ。どういうつもり？」

川田さんと同期の、昨年部長をした和田さんのきつい言い方に、ここは取りあえず下手に出る。

「すみません、ご迷惑をおかけしました。合宿中に父が労災事故で、重体で入院しました。父の様子次第では、このままクラブを続けられるかどうか……」

「それは困るね。今さら代わりは立てられないから」

気の毒そうに皆見ているが、自分も指揮者になりたかったのに川田さんに破れて果たせなかった和田さんは、川田さんと同じ高校同じブラス出身の私に、容赦ない。

二人してクラブを好き勝手に牛耳る、とでも思っているのか。

後日授業の教室移動中、和田さんが近寄ってきて、

「お父さん、どう?」

「まだ、あまり」

「そう、心配ね」

ここまではよかったのだが……それに続く言葉。

「ふん、私ならさっさとクラブ、辞めるわ!」

辞めさせないと言ったのは、あんたじゃないか。

以前から何か、私に含むところがあった様子。

私も、あまり関わらないようにしてはいたが、上級生故に言い返せもせず、唇を噛む。意地悪いのはこの人と川田さんだけで、他のトップは、それなりに認めてくれている。

ベースののこさんは合宿中、部屋で、私が二段ベッドの上段で寝転んで総譜をチェックしていたのに気付かず、他の人に、

「此ちゃんなかなかやるね、指揮もだけど、ミュージカルの『ジーザスクライスト・スーパースター』の全曲覚えてて、昨日の夜K組の子達のところで歌っていたけど、イカしてたよ」

あらー、聞かれてました？　聞いてる事ばれたらまずいよなあと、気配を消して小さくなっていたところへ、同期が、用事で私を呼びに来て、私がいた事に気付かれてしまい、互いに赤面。

内気な自分と自覚しているけど、合宿の余興、打ち上げ、歓送迎会で、劇などの脚本・演出を受け持って、結構ウケていた。

ウケるつぼを押さえる術を嗅ぎ分けられるというのかな。

私達が一年の時の、四年生追い出しコンパで私が編曲した、中性的な指揮者響子サンに捧げる「宵待草」の編曲と台本を書いたパロディ寸劇以来、二年の夏合宿の余興のクラパート（クラリネットパート）のミュージカル等、すべて私に振ってこられ、それに応えた。

夏合宿に付き物の花火も、事前にチェックして仕入れ、打ち上げはいけないのだけ

ど、二、三発用意しておいて、合宿所の責任者に許可を貰いに行く。

「打ち上げは危ないから禁止ですよ」

「もちろん承知していますので」

そう言っておいて、皆を集め、どさくさに紛れて打ち上げもやってしまう。終わって事務所へ行って、

「すみません、打ち上げはないと思っていたのに混ざっていたの知らなくて、申し訳ありませんでした」

と、ひたすら、反省の態度で頭を下げて、毎年許してもらっていた。

いつだったか、火を付けた花火が不発で、あれっ?と覗き込んだ瞬間に、くすぶっていただけの花火から火花が出始め、別に何のリアクションも必要なかったのだけど、わざと大袈裟に、うわっ!と叫んでひっくり返ると、めちゃウケしたっけ。

計算せずに、自然にそういうリアクションができる人もいる。けど、私には、努力してウケを狙う事しかできない。

わざわざ勇気を出して、そうまでしなくてもいいのだけど、自分の勇気を試す為と、人へのサービス、かな?

K組が、禁煙なのに内緒で煙草を吸って、ちゃんと処理しておけばいいのに、合宿

所の人に吸い殻を見つかってしまって、ヨシちゃんが外政マネージャーとして、事務所に呼びつけられ、叱られた時には、K組を夜中に呼び出し、言った。

「お前ら、いいかげんにしろよ。私の足を引っ張るだけならいい、私に対する嫌がらせも受けて立つ。でも、ヨシちゃんに、皆に迷惑かけるのだけはやめろよ。内緒で見つからずにできる事はいい、ジュース飲んでるふりをして酒飲むくらいは見逃すけど、今度、私以外の者に迷惑かけたら、絶対に許さんからな！」

ふてくされてはいたが、誰も言い返せない。

わざとはみだしているのを自覚している連中だから。


三年生の人数が多いので、全員が役員になる訳でなく、K組のように、一、二年と同じように、ふわふわしていればすむ者もいる。

後の三年は、トン子が部長、トクが副部長、外政マネージャーがノブ、イク、内政マネージャーがアベさん、ヨシちゃん。後は会計、庶務、企画と、副指揮者が自動的になる楽譜係。

一番仕事量が多いのが、部長、外政、内政。

部長は責任者でありながら、練習場所の確保、顧問の先生とのパイプ役、定演の場所取り、各種手続きという、言わば雑用係。

外政は、地区ブロでの他校とのパイプ役で、練習日程、場所など調整するのに、いつも外政会議で、他校へ出張って行っていたような気がする。

内政は、合宿の会場ゲット、部屋割り。

企画は、定演パンフ作成。

楽譜係は、定演・地区ブロでやる事になった曲を探すのが、結構大変で、他校の指揮者に問い合わせたり、作曲家や楽譜収集家に問い合わせて入手し、サブトップにパート譜を書かせて、人数分コピー。曲に入る前、一斉にだから、部分的に忙しい。コクラブにコピー機がなく、外部で何時間も粘ってコピーするのが大変だった。コピー代も今よりずっと高かったし。

四年になった時、OG会もないのに独断でOGに寄付を募って、コピー機を買ったのは、後で考えても、よくそこまで大胆な事をと冷や汗もの。

そのコピー機も、店の人に値段を聞いた後、

「で、それがいくらになるんですか」

と、値切り倒して、一緒に行ったアベさんにめっちゃ驚かれたり。

役員は、ほとんど技術面のサブトップも兼ねているから、三年が一番忙しかったか

も。四年が技術面を握るので、一番権力?を持っていた。

合宿でも、一、二年は、ついて行けばいいだけで何の責任もなかったが、三年は、大型楽器や譜面台の運搬、指揮者・トップと相談して合宿のタイムテーブル作成、パート練習や宿泊の部屋の割り振り、費用集めと支払い。

地区ブロは、うちだけでないから、もっと大変。

定演も、下級生時代は、ただ自分がアガラないかとか、吹けるか、とかだけ考えていればすむが、三年は、やる曲の著作権料を払ったり、消防署へ観客動員数や、会場使用時間の申請に行ったり、パンフ作成の為の広告取り、チケット販売、定演プロデュースなど、雑用に忙殺された。

集めたチケット代金を缶に入れたまま、うっかり誰かがゴミと間違えて捨ててしまって、焼却場で炭になったのを見つけだし、そっと抱えて銀行に交換に行ったとか、ずっと後になって聞いて、何て恐ろしい事を！と、背筋を寒くした覚えがある。

もっとも私は、四年の定演直前に、アベさんのお母さんの勤める学校から借りた、不足分のティンパニーの蓋を、何者かに盗まれて、絶望した事があったっけ。

一体誰の嫌がらせだったのか……何万円もするのにどうやって弁償しようかと、本当に何日も眠れないくらい悩んだ小心者。

結局、用務員のおじさんに頼み込んで、板を丸く切って黒い壁紙貼って取っ手を付けて、二つ分作ってもらって、何とか乗り切ったのだった。今思っても冷や汗……。

あの頃は、楽器を運ぶのも、用務員のおじさんにタバコを奢って、トラック出してもらったり、ジャンボタクシーを予約しておいて、運転手さんにやはりタバコをチップ代わりに渡して運ぶのまで手伝わせたり、結構、大人を平気でこき使っていたものだと思う。

内気だったはずなんだけど、私……？

入院中の父も、看護疲れの母も、クラブを辞めろと言わない。

「おやじが働けなくなっても俺が大学出してやるから、心配するな」

と、就職したての兄が、東京から言ってくる。

いつものように、川口さんとマンションの屋上で練習中、

「此ちゃん、この頃暗いね、何かあったでしょう。クラブ内の揉め事かな？」

そう聞いて下さった。

心配かけたくないから話すまいと決めていたのに、真摯な目で見つめられると……

ああ、この人には隠し事なんて、できはしない。

実は、と父の怪我、クラブを続けられるかどうかの不安を話した。

「お父さんとお母さんは辞めろって？」

「いいえ、何も言いません」

「じゃあ、いいんじゃない？　続ければ。その代わり頑張って、良い演奏会にして、聴きに来てもらって、それだけで気がすまなければ、心ばかりの物をプレゼントして。それが一番の親孝行だと思うけど？　此ちゃんは人に気を遣い過ぎるから、もっとのびのびと、自分に自然にしていればいいんだよ。全部背負い込まなくていいんだから」

そう言って、私の瞳を覗き込んで微笑む。

本当の思いやり、やさしさってこんななんだなと思った。川口さんこそ、人に気を遣い過ぎるくせに。

思わずポロポロ涙をこぼす私に、大袈裟な指揮をしながら、ベートーベン第九の「喜びの歌」を原語で歌いながら、私の周りをぐるぐる回る。しんしんと心に染みた。

川口さんは、男とか女とかでなく、先輩後輩でなく、家族以上の、心のいや、魂の触れ合いを感じさせてくれる人。

神様みたい？　人にはわかってもらえないかもしれないけど。

この人の前でだけは演技ができない。強がるわりに私の脆い性格をわかっていて、ちゃんと受け止めてくれる。

演技でなく自然に振る舞って素晴らしい人。私など、張り子の虎だから。


無事に父が退院できたのは、演奏会の二日前。

本当は家で安静にしていなければならないのに、片道二時間もかけて演奏会に来てくれた。

私にとって、初めての定演指揮。

一部を三曲。

特にメインのモーツァルトの二十五番。

頭のシンコペーションもしっかり生きて、音量、リットやアッチェル（アッチェレランド）、メロディーのうたわせ方。

自分でも会心の出来。対外的な評価も高かった。

川口さんがプレゼントしてくれたブラームスの一番のスコアに、

『此原さん、素晴らしい！　レガートにスタッカート、クライマックスの処理。良い

音楽がわかるのですネ。今宵がまた新たなスタートになる事を祈っています
川口』

と書いてある。

誰に何を言われるより、最高の賛辞。うれしかった。

三部のメイン曲の作曲家熊谷先生も、

「此原君、君の指揮、曲の完成度、言う事なしだ。来年の、僕の曲の出来に期待して
いるよ」

そう言って帰っていかれた。

うそだろ……？　まだ曲さえ決まってないのに。

ダントツで、一部が評判よかったけれど、主役は正指揮者。

副指揮者はどれほど頑張っても、副指揮者。

悔しいけれど今夜の主役は、川田さん。

べべ先輩の上の指揮者だった響子サンが、東京から聴きに来ていた。

「此ちゃん、素晴らしい。良い指揮だったよ。やっぱり私の目に狂いはなかったね。

来年は、もっと楽しみにしているからね」

偽善的な人から褒めてもらうより、その横でただただ頷いているべべ先輩の笑顔が、

温かい。

　真木も来ていた。

「よく頑張ったな。勉強の成果だな」

　一応、褒めてくれるのか。

「新人演奏会、地区プロと比べて、別人みたいな、ダイナミックな指揮だったね。自力で練習したの？」

　石津君。

「市民の川口さん」

「ん、なるほど、納得」

　一曲目は、拍手が消えないうちに曲をスタートする事と、作曲者の指定があった為早足で出て、拍手が残るうちに指揮台に駆け上がって振り始めたので、他校の下級生には、

「此原先輩、出をちょっと焦られましたね？」

　と、言われたけど。

　いいよいいよ、それくらいの思い違いは許しましょう、ちゃんと意図があってした事だけども。

華々しくて、ちょっぴり寂しい、まるで花火のような、定演デビューが終わった。

その直後から、堂大からの地区ブロへの強烈なラブコール。

是非最後の地区ブロで組みたいと。まあ、工大が続いたから、ＯＫする。

本当は、石津君指揮のＨ大と組むはずだったのに、石津君は振れない……。

私は、今様をテーマにした現代曲に決めた。今までで一番、時間的に長い曲。

私は、比較的、難曲でなくて演奏効果のある曲を聴き分けることができる。

それだけたくさんの曲に当たっているし、自分自身の楽器演奏の、技術的問題点を知っているから、つい奏者の立場に立ってしまう。

と言うと、此ちゃんの曲はどれもすごく難しかったよと、アベさん達にさんざん言われたが。


いよいよ最上級生、正指揮者。

何でも私のやり方で、やらせてもらおうじゃないか。

私の音楽人生の総決算。皆にいやという程、力を見せてやる。

副指揮は一学年下のボボ。

音楽経験者のいないこの学年は、誰がなっても同じ、ドングリの背比べ。

だけど私達の力をやっかんでか、何かにつけて競ってくる。

競るのなら、実力で競ってみろ！

口先だけで競られても、同じ土俵に乗ってはやれない。

私と川田さんの関係など、わかるはずもなく……悪意で競られるのには参ったが、
正指揮者が、トップが主役だと、わからないなんてお目出度い。

四年まで残った部員数の、最高を誇る私達の学年は、そこそこ各トップの技量も白熱していて全パート、メンバーがいる。

一応、じわじわと一人ずつ話をして、ちくちくと皮肉と煽てで鍛えてきたので、結構一見チームワーク抜群に見える。

その実、個性派揃いで、まとめるのは一筋縄ではいかない。

特にトン子とノブが口うるさい。

はみだしK組はいるし、アベさんにもへたなごまかしは利かない。

技術面、忍耐力に優れ、私の暴走にブレーキをかける事ができるとしたら、それは彼女だけだろう。さすが、冷静なＡＢ型。

指揮者とコンミスというのは、夫婦役のようで、あうんの呼吸が必要になる。

地区ブロでは、コッテも前衛的な現代曲を選んだ。

小柄なのに自信の固まりのようで、ユニークな奴。

皆から一目置かれていて、存在感はある。

大人なのか子供なのか……ある日、堂大の校庭のベンチで、休憩中にさっとジャケットの内側に手を入れるから、煙草吸うのかなと、何気なく見てたら、何と、取り出したのは飴の箱。

一瞬戸惑った私の視線に気付き、

「ん、食べる？」

と、箱を差し出してくる。

「いいよ、ありがとう。煙草出すのかと思ったら」

堪えきれずに笑う私を、きょとんと見つめている。

捉え所のない、不思議な人間。

もっぱら宇宙人、という噂も頷けた。

彼はあまりクラシックを聴かないのか、あまり音楽の話をした記憶がない。

あまり自分の話をしたがらなかったように思う。

真木や私とは、またちがった、カリスマ性を持つ。

賛助から、彼の指揮がわかりにくいとクレームがつき、私が間に入って調整した。

本当は、他の指揮者の事に口を出すのはタブーなので、人にはわからないように、そっと話をつけた。

彼の指揮は、ブラスでしか通用しないだろう、結構くせの強い指揮。

真木も私も自惚れでなく、コーラスでもオケでもマンドリンでも通用すると思う。

比較的、いろんな種類の音楽と、いろんな楽器を理解している、いや理解しようと努力しているから。

今年は、他県の会場での演奏会で、授業が終わって夕方、駅前集合。

貸切バスに詰め込まれ、何がなんだかわからない真夜中に旅館に着き、いつの食事ともつかない食事を取らされた。

なんでこんな時間にこれを食べさせられてるんだと思うしじみ汁が、印象に残っている。

部屋で、少し仮眠を取っただけで、演奏会場入りをした。

リハの順番と楽屋の場所、本番の時間を確認して、客席で他校のリハの間ひたすら寝る。うまいと感じたグループだけ、指揮者を見る。

何度あっても、私はリハが一番苦手。全曲通すほどの時間は貰えないし、今まで練習してきているので、リハまで細かい事を言いたくない。

もう、皆に任せるからって、それしか言いようがない。

但し、目立つミスは許さないと、これは心の中でだけ呟く。

不安なところをやって合わなかったら、本番を想像して、もっと恐くなるし……。

だいたい、本当は指揮者に向かない小心者の私は、演奏会前にはいつも恐い夢を見る。

靴を忘れたとか、楽器がないとか、極め付けは、会場に着いたらすでに出番が終わっていて、皆から今さら何しに来たというような、冷たい視線を向けられる。

心臓に良くない。さあっと血の気が引き、フォローのしようがない、最悪の場面の夢ばかり。

案の定、睡眠不足がたたって、リハ中に、指揮台の上で一瞬意識が飛んだようで、ふあっと上体が揺れたものだから、皆に、不安がられてしまった。

やあ、悪い悪い、と笑ってごまかして……。

本番。

皆が、ステージでチューニング音を出している。

私はいつも、このチューニングしている時の間が好きだ。それぞれが自分のタイミングで基音に加わっていく。オーケストラのようでかっこいい。

司会者から、曲名と私の名が告げられる。

何度ステージに立っても、指揮者として出ると、緊張感で手が震える。

コッテが渋い声で、「此原」と呼ぶ。真木はいつも「此ちゃん」と呼んでいたが。

振り向くと、自信に満ちた笑顔で、手を差し出してくる。

「頑張れよ」

私は頷いて手を握り返す。

拍手とスポットライトの中、履き慣れないヒールの高い靴でつまずかないように、でも、胸を張ってゆったりと出てゆく。

指揮棒を構え、ゆっくりと皆の顔を見回す。うん、準備ができてるね。

皆の気持ちが一つになったところで、振り始める。

始めてすぐに何か違和感。おや？　リハとは何故か、ピアノの位置が反対になっている。練習していた時と同じ向かって右側にあったはずなのに。まあ、いいか。

フルートから静かに始まるこの曲は、だんだん低音楽器が加わってきて、テンポもついてくる。

総勢百十五人のステージは、やはり迫力がある。

重厚なテーマが流れていく。

後半、ピアノから始まるところで、ピアノ奏者を見るはずが、自分でも、ピアノの位置が変わっていると認識はしていたのに、ついいつもの練習時の向きの方を向いてしまい、一瞬皆の戸惑ったような表情が目に入る。

高校ブラスの後輩でピアノ科に行った子の紹介の、このピアノ奏者がとてもできた人で、うろたえもせず咎めもせず、正しく入ってくれて内心ほっとした。

私も皆に、にやっとしてミスを認める。

なんせ学校が遠かった為に、楽譜とテープは早めに渡しておいたとはいえ、リハで入りをさらっただけで臨んだ本番なのに、まるっきり足を引っ張ることなく、弾いてくれている。一度も通して合奏したことがないのにもかかわらず、一音もずれない。

この人すごい！

かえってその緊張感が良かったのか、後半は今までにない出来で、二つのテーマがからみ合うところが、とても優雅で……。

最後のフェルマータの、音量を求めて真っ直ぐに上げた左手を脱力で下ろす。余韻を十分に聴いて小さく止める。と、拍手が沸き起こった。

指揮台から下りて振り向き、客席を見渡してから頭を下げる。

いつもながら、終わった安堵感と客席を向く緊張感がない交ぜになって、複雑な気持ち。

拍手を聴きながら、袖に戻り、よかったよと微笑んでくれたコッテと握手。

「行ってらっしゃ〜い」

と送り出す。

難しい現代曲を、危な気なくこなして、輝く瞳で戻ってきた君。

無事に終わった、最後の地区ブロ。

打ち上げは、堂大の宿舎で。

しっかり盛り上がったところで、堂大の年下の男の子が酔って、

「此原先輩！　僕は先輩が大好きだあ」

と、泣き上戸なのか、泣きながら縋り付いてくる。

問題児だった彼は、テンポは取れない、音ははずす、それでも必死に食い付いてきた。

「よしよし」

書　名				
お買上 書　店	都道 府県	市区 郡	書店名	書店
			ご購入日	年　月　日

本書をどこでお知りになりましたか?
1.書店店頭　2.知人にすすめられて　3.インターネット(サイト名　　)
4.DMハガキ　5.広告、記事を見て(新聞、雑誌名　　)

上の質問に関連して、ご購入の決め手となったのは?
1.タイトル　2.著者　3.内容　4.カバーデザイン　5.帯
その他ご自由にお書きください。
(　　)

本書についてのご意見、ご感想をお聞かせください。
①内容について

②カバー、タイトル、帯について

弊社Webサイトからもご意見、ご感想をお寄せいただけます。

ご協力ありがとうございました。
※お寄せいただいたご意見、ご感想は新聞広告等で匿名にて使わせていただくことがあります。
※お客様の個人情報は、小社からの連絡のみに使用します。社外に提供することは一切ありません。

■書籍のご注文は、お近くの書店または、ブックサービス(0120-29-9625)、セブンネットショッピング(http://7net.omni7.jp/)にお申し込み下さい。

郵便はがき

料金受取人払郵便

新宿局承認

7552

差出有効期間
2024年1月
31日まで
（切手不要）

160-8791

141

東京都新宿区新宿1－10－1

(株)文芸社

愛読者カード係 行

ふりがな お名前		明治　大正 昭和　平成　年生　歳	
ふりがな ご住所	□□□-□□□□	性別 男・女	
お電話 番　号	（書籍ご注文の際に必要です）	ご職業	
E-mail			

ご購読雑誌（複数可）	ご購読新聞 新聞

最近読んでおもしろかった本や今後、とりあげてほしいテーマをお教えください。

ご自分の研究成果や経験、お考え等を出版してみたいというお気持ちはありますか。

ある　　ない　　内容・テーマ（　　　　　　　　　　）

現在完成した作品をお持ちですか。

ある　　ない　　ジャンル・原稿量（　　　　　　　　　　）

と頭を撫でて、なだめる。

すると、私と同級の女の子達が、

「私達も此ちゃん、大好きだったんよ」

おいおい、男が多い学校にいて、他校の女なんか好きになるなよ。

マジな顔で告白されても、どうもしてやれないよ。

すっかり暗くなって宿舎に帰る私達を、同級の男の子達が追いかけてきた。

「二次会しないか？」

「海、見たい！　浜辺でならいいよ」

私は答えた。綺麗な砂浜がすぐ近くにあったから。

小松君が言った。

「じゃあ此ちゃん、買い出し手伝って。皆、先に行っててくれよ」

ビールやジュースを買い、小松君が、旅館の自転車を借りてきた。

二人乗りして、畑の畦道を走りながら、

「此ちゃん、皆と合流せずに、このまま二人だけでどこかへ行こうか。朝までやることといっぱいあるからさぁ」

「ああ、それもいいね」

ちょっとイヤらしく言っても、彼だとそう聞こえない。

彼とは、K線電車で時々一緒になる。

私に興味を持っているのも知っている。

私が流行らせた「ハッピー！」という挨拶が、一番似合うのが彼だった。

まあ、実際にそうできる訳もなく、皆の待つ砂浜へ向かう。

砂の上に輪になって、座ったり寝転んだり、星を見ながら話した。

男八人、女四人。

いよいよ、残る演奏会は各学校の秋の定演だけになった事。

誰と誰が付き合っているとか、他校の事とか……。

空が白み始めて宿舎に帰り、体中砂だらけになったのを、風呂できれいにした。

砂のキラキラが、なかなか取れなくて大変だった。

ほんの一時間程で起こされ、先に帰った同級には、どこに行ってたのか、心配したと叱られるし、寝不足。

でも、他校との交歓会の為、強制的に砂丘へ引きずられて行く。

地元での交歓会は今までうまくサボってきたのに、団体でないと帰れない所なので、逃げようがない。

初めて見た大きな砂丘。

あっ、この風景！

私は何故か物心ついた時から熱を出すと、決まって、さらさらと砂が波状に流れていく夢を見ていた。これだったのか、と思った。

いつもどこだろう、何故この風景だろうと思っていた。謎は解けないままだけど、納得したら、それからは熱が出ても、砂丘の夢を見なくなったのは不思議だ。

寝不足の不機嫌さもどこへやら、わーいと子供のように歓声を上げて、演奏会用のヒールの高いパンプスのまま、砂壁を登り始めた。

海岸に下りて小さな貝殻を拾ったり、他校の人達と写真を撮ったり。普段の靴よりも何倍も高額な靴はボロボロで使い物にならなくなったけど、とても楽しかった。


他校の人達も駅まで見送りに来てくれた。

駅で、今回大合同を振ったT大の指揮者の向井君が、声をかけてきた。

「此原さん、去年川田さんに伝言頼んでたの、聞いてくれてた？」

「え、何？」

「三年の時の君を見て、今年の指揮、楽しみにしていたんだ」

そう言えば川田さんが、

「T大の向井君が此ちゃんの指揮、すごくよかったと言ってたよ」

とか言ってたっけ。

この人か。結構かっこいいじゃん。T大なら頭も良いわけだし。

「僕も此ちゃんて呼んでいいかな。去年のも良かったけど、今年更にうまくなった此ちゃんの指揮が見れて、うれしかったよ。僕の目に狂いはなかったな。秋の定演、更に素晴らしい君の指揮を期待しているよ」

「ありがとう。もっともっと頑張るから」

「うん、頑張って。悔いのないようにね。僕はこの演奏会で最後だったんだ。僕の分まで頼むよ」

えっ？　T大は三年トップで四年は出れないのか……。

「わかった。私、きっとすごい定演にしてみせる！　向井君の分もしっかり振るから」

「約束だよ！」

指切りして、肩組んで写真撮って、二人、ホームでしっかり手を握りあって……。

電車が入ってきて、私は乗る。

窓を開けて、大きく身を乗り出して手を振る。

向井君も、此ちゃーん！と叫びながら、大きく手を振る。

まるで、映画のワンシーンの恋人同士みたいに。互いの姿が豆粒になるまで……。

惜しかったかな、もうお別れか、わかっていればもっと早くにオトモダチになっとけばよかったかな、と思っていると、

「此ちゃん、いつの間にT大の指揮者とあんなに仲良くなってたの？　接点なんかなかったはずだけど」

と、堂大のバリトンの山瀬君。

ずっと見てたんだ。

そうだよね。全然、人目なんて、気にしてなかった。

それくらい、嫌味でない、真情溢れる向井君の態度だったから。

妬いてくれた奴、何人いるかなと、ちらと思ったけど、

「去年からラブコールもらっててね。いい人だったね。彼、今回が、最後の演奏会だったんだって」

と答えたら、何だか悲しくなってしまって、涙が……。

山瀬君は黙って、私の肩に手を置いて、そっと去って行った。

誰にどう伝わっても、かまわない。

彼の、最後の指揮だったという言葉が、胸に重く突き刺さっていた。

ちょっぴり寂しそうに、でも微笑んでいた彼。

きっと彼は、後悔のない指揮者生活を送ったのだろう。

私も、終わって微笑む事ができるように、あと半年、全力を尽くしたい。

ちゃんと見ててくれる人がいたんだ。

浪人したから、本当は一つ年上って言ってたけど、ホント、大人だね。

コッテや真木には、あんなスマートな褒め方や励まし方なんて、逆立ちしてもできやしない。ガキの競り合いという感じかな。多分私も含めて。

アベさんごめん、ちょっとだけ、肩貸して。

溢れる涙を隠して目を閉じて寝た振りして、彼の事、心に刻んでおきたい。


他校の一学年下の、副指揮者が、先輩とも話せる機会を作ってほしいとか、言い出して、正副、指揮者だけのコンパをすることになった。

辞めた石津君も呼んで、騒いだのだけど、真木が珍しく、用があるからと途中で帰ってしまった。

　私も早く帰るはずだったのに、杏女の指揮者が限界を超えて、歩けなくなるほど酔っぱらってしまい、仕方なくＨ大の副指揮者に手伝ってもらって、引きずって店を出た。

「真木のバカヤロー！」

　と引きずられながら叫ぶ。

　あら、この女、真木を好きなのか？

　真木に聞いたところによると、真木と仲のいいバリトンの小野君と付き合っているはず。

　真木に興味があって、小野君をダシにしているとしたら許せない。

　小野君はとってもいい人だもの。

　この馬鹿女のせいで、私まで帰れなくなってしまったじゃないか。

　捨てていく訳にもいかず、困っていると、石津君が言った。

「よーし、俺の下宿へ行くぞ。皆で雑魚寝だ！」

　仕方なく、親には、文女の子のお姉さん宅へ泊めてもらうと嘘の電話をして、石津君の下宿に向かった。

言い出しっぺの本人は、さっさと部屋を明け渡し、彼女の部屋へ行ってしまった。彼らしい。

他の子よりも、はるかにオトナって感じ。

H大・工大・堂大の副の子達が皆、いい機会とばかりに、曲の解釈とか、技術面のアドバイスを求めてくる。

修学旅行の引率の先生にでも、なった気分？

色気のない話だけど、他校の子から技術面を頼られるのは、実力を認められているという事だからまあ、許すか。

「此原先輩、浦川先輩がいなくなってますよ」

突然、H大の福原君。

「あっ、そう言えばさっき、トイレって出て行ったけど、帰ってこないね、ちょっと探してくれる？」

男の子達がトイレや下宿の周りを探し、どこにもいないと戻ってくる。

「どうしたんですかね」

「コッテはあまり、人の世話になるの好きじゃないみたいだから、家に帰ったかもしれないね」

「えっ？　でも夜中ですよ。バスないのに」

「ああ、でも彼、歩くの好きだから、大丈夫よ」

「あっ、そういえばK市から歩いて帰ったって、聞きましたよ」

「そう、そう言う奴だから。明日朝、電話してみるわ」

「浦川先輩って、此原先輩が好きなんでしょうね、そこまでするんだから」

「いやいや、フェミニストぶっただけよ」

「此原先輩は、真木先輩の方が好きですか」

「何言ってんの。あんた達ね、コッテも真木も、ライバルであり仲間であって、それ以上でも以下でもないわ」

「うちの広岡さんも、此原さんの大ファンですよね」

「ははは。ダンディ広岡君ね。恋愛感情とは別の意味で好きだよ。いいキャラしてて。結構真面目だよ、彼」

　H大一学年下のベースの広岡君は、一浪したから同い年と言っていた。

　組んだことないのに、何故か気に入られたみたいで、彼との出会いはまるで映画のワンシーンのようだった。

　新人演奏会が終わって、ホールのロビーに出た所で、彼は遠くからつかつかと歩み寄って、私に声をかけてきた。

「聖女の指揮者此原さんに、このバラを。僕の微笑みと共に」

黒のスーツに白いマフラーを首から垂らした気障な姿で、胸ポケットに挿した一輪の真紅のバラをさっと抜き取って、ナイトのようにうやうやしく差し出した彼。

さすがの私も、慣れないシチュエーションに一瞬戸惑ったけど、にこっと微笑んで、

「ありがとう」

と受け取った。

心の中では、彼の気障さに、手足をばたばたさせて笑い転げていたんだけど、大真面目でそれをやってのける彼に、きっちり付き合ってあげなきゃって。

あまりにクサすぎるけど。

以来、彼は演奏会の度に、私に真紅のバラを、同じポーズで捧げてくれる。

出会えば、名を呼び合い、大袈裟に手を振り合って、『プリンセスとナイトごっこ』をする仲。

嫌いじゃないけど、それ以上にはならない、暗黙の了解。彼も大人。

「此原先輩は、理想が高いんですね」

「あのねー、指揮者は、男だ女だと言っていてできるようなものじゃないんだよ」

「此原先輩は、よくクラシック聴きに行かれてるって聞いてます」

「小沢征爾が振るH響と無名の指揮者が振るベルリンフィル、どっちが感動すると思う？」

「難しいな。ベルリンフィルの方が、ダントツでうまいですよね。技術的に言えば」

「うまいけど、うますぎてね。指揮者が良ければ、奏者が三流であっても、それ以上の力を引き出せて、聴く側は感動する。完成品すぎれば、家でレコード聴いてるのと同じ位の感動。生きた人間であって、機械じゃない。心の通う音楽でなければね。君達も、ブラスの曲だけでなく、いろんなジャンルの曲を聴いて、大きなものの見方をするべきね。すごい事をしようと力まなくても、ある曲を感情込めて歌う。そうすると、自然にフレージングも、クライマックスも力を抜くところも、見えてくる、理屈じゃなくて、それが曲の解釈。うちの部員は、一人一人の技術が優れているわけじゃない。でも女ばかりでも、他校よりパワフルだと言い切れるよ。工大は、一人一人が技術的にはすごいけど、演奏会に行くと、額縁の中で吹いているのを遠くから見ているような気がする。今一、感動に乏しいよね。そこが、観客動員数のちがいじゃないかな」

「わかる気がします。これからも、いろいろ教えてもらっていいですか？」

「いいよ。私にわかる事なら、何でも聞いて。私もそうやって、いろんな学校の先輩から勉強させてもらってきたから。とにかく、クラシック、市民クラブ、他校の演奏会、何でも自分のプラスにする事よ」

他校の下級生と話す機会はあまりなかったから、私自身も楽しかったし、この子達も得るものがあったと思う。

現に、工大の、目のキラキラした副指揮者君は、私の最後の定演を聴きに来て、感激振りを語ってくれて……。

それから一週間後の、工大の定演。

一部の曲の途中で、アベさんが、

「うーん、誰かに似てるんだよね、この子の指揮、何か見覚えがあるよね……あっ！」

と、小さく叫んで私の手を摑んでくる。

「どうしたの？」

って聞いたら、

「この指揮、此ちゃんのに似てるじゃない！　真木君のとはちがう。あんたの影響がすごくあるわ」

なるほど、教えてもらった指揮者に似るものだけど、この子の今日の指揮は確かに私の指揮に似てる。

という事は、彼は私を理想としてくれてるって事かな。

いつも冷静な顔をしてる子だったから、さすがの私も気が付かなかったよ、ちょっと前までは工大らしいあまり動かない指揮してたし。

うちの定演聴きに来て、しっかり私の指揮に、影響されちゃったんだね。

定演のプレゼントに、彼から洋酒の飾りボトル、貰ったわ。

この年の五月、県をあげての大きな観光イベントが、開催されることになった。そのフェスティバルにぜひ、うちのクラブに出演してほしいとの依頼が学校へ来た。

一学年下の部長が、私に打診してきたけど、

「だめだめ、断って。ホールでのステージなら受けられるけど、野外はだめ。木管楽器は傷むんだからね。中学の時に市の祭りでマーチングして辛かったし、高校時代は野球部の応援でよく駆り出されていたけど、前後の楽器のケアが大変なんだから。気温や天気の影響をすごく受ける。そういう経験のある人少ないから楽器のトラブル、

絶対おきるよ。それじゃなくても附属幼稚園の音楽観賞会も頼まれてるし。あれはいつも、えーっこんな人を呼ぶの、さすが名門私立っていうくらい、有名なピアニストとかアンサンブル呼んでるから、まさかうちに声かかるとは思わなかったよ。聴き手が幼児だからとナメずに程度の高いクラシックをお願いしますって言われちゃってて、花祭りどころじゃないわ。定演の曲も決めないといけないし、これ以上時間取られるのは、厳しい」

私の一存で、没にした。その後毎年そのイベントの度に、私が独断で出演蹴ったよな、とその時の事を思い出す。

幼稚園の曲は、ペールギュントの「朝の曲」と惑星の「木星」に決めた。

上級生は二年の時の、指揮者の振り方が嫌いで私がエスケープした工大との地区プロでやっているから心配がなかったし、うちの定演向きでない曲をやれるチャンスを、利用する。

たまには冒険したい！

いつもいつも曲想を突き詰めて、精神的にも体力的にもきつきつになるばかりでなく、完璧でなくても、楽しむ音楽をやる事があってもいい。

だって、音楽って、音を楽しむ、だもん。

「木星」のテーマのアッチェレランドをわざと大袈裟にやると、メンバーもノリノリ。聴いている園児も、

「わー、速い」とか「すごーい、かっこいい」とか、背中にびんびん反応が感じられる。

いつもの演奏会とは、また別の感動。

おまけに、思いがけない事に、振り終わると可愛い男の子が、自分が隠れてしまう程の大きな赤いバラの花束を私に。うれしかったね、なんとも。

「皆さん、こちらに飲み物を用意してありますから」

と、声をかけた保母さんが、私を見て笑顔で付け加える。

「此原さん、久しぶり」

えっ、私を知ってるあなたは誰？

なんと高校の同級生だった。

私はまだ学生で親の脛かじりをしているのに、彼女はちゃんと、社会人として自分の人生を生きてるのだなと思った。

まだ基礎練習中で参加できなかった、クラブの一年生も聴きに来ていて、尊敬の眼

差しを向けてくる。
いやー、まだまだ、こんなもんじゃない。
もっと君達を、感動の渦に巻き込んであげるよって言葉は胸の中にしまい込んで、
穏やかに微笑み返す。

楽器屋島本さん、堂大のOBの稲垣さんに、選曲のお世話になる。

メインの曲は決めてある。

前年の作曲家熊谷先生との約束通り、先生の曲の中で一番大曲を、すでに確約済み。

この四年間、この先生の曲をやってきた総決算になるはず。

後輩がいくら頑張っても、もう私達が卒業したら、それだけの力など残っているものか。

これは強がりではなく、事実だから。

いくら川口さんのところへ連れて行っても、

「求めよ、さらば与えられん。叩けよ、さらば開かれん」って事。

何にでも食らい付くような、ハングリーな気持ちなくして、血にも肉にもなるものか。

得たいなら、得られるだけの努力をしなくては。心構えがまるでちがうのだから。むしろ深く入れば入る程、その恐ろしさも大変さもわかり、更に奥へと進んで行きたくなるし、行かざるを得なくなる。

深さを見ようともしなければ、上っ面の、指揮者イコール栄光としか見えないのかもしれない。

栄光は、指揮者だから摑めるのではない。たゆまざる努力と試練を超えてこそ、手に入れられる可能性の出てくるものだと、思うけど。

今にして思えば、川口さんは、誰にでもあれだけの事を教えて下さったのではなく、私が貪欲に求め、それに感応したから、与えて下さったのだと思う。

いずれにせよ、私一人の努力では、大きな成果が得られなかったであろう事も事実。十年間ブラス漬けの日々を送ってさえも、上っ面だけの事しか見ていなかったかも。

音楽の深さ、指揮の力を知る事ができた幸せ。

指揮者は孤独。たった一人で、代わりなどいない。

曲の練習に入った時には、すでに九割方は、自分の中で完成させていなければならない。

総譜を暗譜して、曲想を摑み、何をどう表現するか、それができるか。曲への「想い」とそれをあらわす、振る「技術」はイコールでなくて、いつもいつも悔しい思いをする。

曲に対する思い入れが深ければ深い程、棒一本でどう表現するかが課題となって、重くのしかかってくる。

技術に妥協するか？　いや、それは私が求める曲ではない。

求めるものと求め得るものの溝は、大きい。深く潜行すればする程、自分自身との闘い。

指揮者同士でも、自分の振る曲は自分だけのもの。代わって同じものを創れはしない。

奏者から見れば、指揮者はできて当たり前。泣き言は許されない。

技術面の未熟さと音楽性と度胸などなど……。

何度も押しつぶされそうになりながら、眠れぬ夜を過ごし、しかもそんな素振りさえ見せられない。

本番が近づくと、相変わらず、楽器や衣裳などを忘れてうろたえる夢や、会場に着いたらすでに出番が終わっていて、皆から今頃何しに来たの的な白眼視を受けたりする夢ばかり見ていた。

現役時代は誰にも話したことはない。奏者時代には、緊張はしてもそれ程のプレッシャーではなかった気がする。その他大勢だから。

やはり、指揮者になってからの重さ。

でも、私だけじゃないはず。プロの指揮者であっても、それ以上のプレッシャーの中で自分と闘っていると思う。

うちの学校では、大学に来てから初めて楽器を手にする者の方が多い。ソルフェージュ（楽譜を読む基礎訓練）どころか、ＣＤＥの読みさえわからない者が多い。

さすがに楽譜はドレミでなら読めるが音楽記号さえ、指揮者が言ってくれるものであって、自分から調べてこようという気はない、素人集団。

それを幼稚園の時からずっと、ピアノ、琴、クラ、指揮とやってきて、ある程度耳が肥えた私自身が陶酔し、人をも感動させる『音楽』に作り上げていかなくてはならないというのだから、推して知るべしである。

音楽理論の勉強会から始めた。

島本さんの事務所に日参して、一部、三部に使える曲を探した。テープを聴かせてもらって、楽譜があれば見せてもらって、意見を聞いて。

一部は「フィンランディア」など、あまり技術がなくても、そこそこ聴かせられる曲を副指揮者の為に選んだ。

三部頭の曲を、去年から目を付けていて一部のメインに据えたかったのに島本さんに止められた「ペルシャの市場にて」を再び話題に出してみる。

今度はすんなりＯＫが貰えた。

間奏曲は「カヴァレリア・ルスティカーナ」に決定。

本決定はトップ会議で、なのだが、同期で私の選曲に逆らえる者はいない。

何せ、たくさん曲を知らないのだから。

前年ならば、知らなくても手厳しく反発する先輩トップがいて、やっかいな思いをしたが。

そこで練った作戦として、あまり受けそうにない曲とやりたい曲を持って行く。

お勧め曲を聴かせて文句が出たら、受けない曲を聴かせて、

「それなら、こちらにしますか」

と下手に出てみる。

そうすると、大抵の場合こちらの思う曲が通る。

なんたって、振る人間がのらない曲なんて、できるものか。

こういう時、ああ、内気だった自分が、いつからこうまで人に対して強引になれるようになったのだろうと、いい意味でも悪い意味でも、感無量。

次に二部。

稲垣さんのお宅へ押しかけて行って、アンサンブル（少人数の合奏）用の曲を聴かせてもらう。

そういえば、仕事場にもしょっちゅうお邪魔して、迷惑をかけていた。

思えば若さ故に、不遜な自分に気付きさえしなかったあの頃。

二部は、卒業生のみのステージ。

その時の人数によるが、今回は二十人ちょっと。多い方だ。

全体で七十数人だから、これだけ減った後は厳しくなるのは目に見えているが、どうもしてやれない。

各々自力で磨くしかないのよ、結局。

私は、それがわかっていたから、自分だけでなく即戦力になる同期を、二年の時から鍛えてきた。

私の目指す曲作りを、熱く語ってきた。いうなれば、作戦勝ち。

のほほんとしてきた君達とはちがうと、後輩に言いたい。

ともかくそこで、ビンゴ！と言える曲に出会った。

各パートのソロがあり、低音パートもメロディーに参加でき、ノリのよさは、私達の学年が絶対ハマりそう。

あまり感情を表に出さないアベさんも、珍しくにやにやしている。

その名も「アドリブ組曲」。

もう一曲、小曲でいいのが見つかったが組み合わせが難しい。

何とか関連づけるには、その作曲家の小曲集とするのが一番いい。

捨てきれないその一曲のために、好きな曲でもないが、三曲我慢。

その強引さが、私らしかったりして。

目論見通り、トップ選曲会議で聴かせた曲に、みんな、一発でハマってしまった。

それぞれのトップの好きそうなパッセージのところでその子に目を向けると、案の定、そこで目を輝かせている。

丸三年の付き合いだ。誰がどんなメロディーを好むか、どんなパターンがウケるか、彼女達がどういう吹き方をするか、こっちは先刻お見通しってところ。

三部の曲は、大き過ぎると不安がられたが、

「今までしてきた努力と忍耐は何だったのか。今こそ私達の力を結集して、今までにない最高の定演を目指そう！」

と大演説をぶって、無理矢理通してしまった。

私自身が、退くつもりがないのだから。

要するに、大きな曲をやる大変さは、奏者側より更に棒を振る側にある。

それでも振る側がやりきってみせると言うのだから、黙ってついてこいと。

その頃の私は、今まで出したくても出せなかったパワーが炸裂して、カリスマを通り過ぎて、かなりワンマンだったかも。


真木から電話。

「熊谷先生の連絡先教えて」

教えてから数日して、また電話。

「うちの学校では無理だって言われた。何で聖女はよくて、うちじゃ駄目なんだ？」

怒っている。

気が付いていないのか？　君ほど音楽を好きでわかっている人が。

工大は、技術的にはうちよりはるかにすごいよ、君の指揮も。羨ましい程に。

でも、燃えるものを持たない。

音楽の本質というか、大切な心を見落としている。

額縁の中でしている演奏だという事に気が付かないのか。

でも、私の口からは言えない。

キラキラ目の副指揮者君は、真木にチクラなかったのかな？　いつかの夜の音楽談義。

何も言わない訳にもいかなくて、

「人数的なものじゃないの？　大編成を望んでおられるからね、あの先生は。それに練習に来てもらって接待とか、宿泊のホテルの両側の部屋は人を入れるなとか、結構曲以外の事で気を遣うし、大変だよ」

側面からフォローするしかないけど……感動がないからだって、私が指摘する訳にはいかない。川口さんからならともかく。

個人的には、真木の作り出す音、綺麗だと思う、完成度も高いと思う。悔しいけど。

私が振るとパワーは出るのに音が荒くなるのは……やはり指揮技術の差かなあ。

でも、ライバル関係にある今、それは言わない。

今度の、最後の定演こそが決戦の時だから、まだ私が負けたと決まった訳じゃない。

いいじゃないか、あの先生の曲、君には、いや工大には向かないと思うよ。

適材適所。学校のカラーに合った曲で勝負してよ。

もっと君の指揮で聴きたい曲、たくさんあるから。

そうはっきり言えないのがもどかしい。

でも、私に慰められたくてかけてきたんじゃないはず。

数年後の事だけど、市内でも有名な某ホテルの生演奏が売り物だったレストランに、ギターロボットが導入された。

市民クラブの、サックスだけど、ギターがうまい先輩と行った時に、先輩が面白がってロボットの真ん前の席に座ったものの、五分ももたずに席替えを申し出て、笑わせてくれたことがあった。

完璧過ぎて聴いていられないと、つらそうな顔で。わかってはいたんだけれど、やっぱり許せないって。

いい演奏と、感動する演奏はちがう。

まあ、うちは技術的な裏付けがない分、迫力でごまかそう的な感があるのも否めず、それはそれで情けない気もするのだけれど……。

これでも精一杯、底辺の底上げを実行してきたつもりで、自分ができる努力は惜しまない、いつも極限を超える程の事をしたと思うけれど、各人にはある程度各人任せにするしかなくて、私についてこれないなら、私自身にそこまでのカリスマ性がなかったという事になるか。


とにかく、選曲が決まったら、総譜から手分けしてパート譜を起こす。

まだコピーが高い時代だったから、楽譜の準備は大変だった。

トレーシングペーパーに写譜して、コピーした。

そういえば、最後の地区ブロの時の楽譜の準備も、大変だった。

堂大のOBが、一般教養の試験日に、いきなり学校まで私を拉致しにきて、試験放棄を余儀無くされてしまった。

そのまま堂大まで、コピーしに連れて行かれて。

手伝ってもらって確かに助かったけど、勉強はどうなるんだ、単位取れなかったらどうしてくれる。

いくらクラブが大事でも、留年まではできないよう……結局、再試験になってしまった。

各パートの人数分の楽譜。よくアベさんと、文具問屋にセルフコピーしに行った。

何時間もかかる枚数なので、その時間一人でコピー機占領するのは結構バツが悪いので、連れがいるとちょっと気が楽？

四年で教職を取るトップが教育実習で抜けると、各パートのチューニングにまで私は駆り出された。

絶対音感ほどじゃないけど、微妙な音は不思議と聴き逃さず、聴き分けられる。聴いた音は、確実に譜面にできた、幼稚園の頃から。

やりたい曲は総譜が無くても、音源を聴きながらパート別に譜面を起こすことができる。

いわゆる耳コピ？　これは、社会人になってからうちの同期とアンサンブル組んで慰問活動とかやってる今、大いに役立っている。

当時は怯えられても困るので誰にも言ったことはないが、私は、例えば百人がAの音を出していても、誰の音が高い誰の音が低いを言い当てることができる。何人同じ楽器で同じ譜面を吹いていても、誰がどの音を間違ったと指摘することができる。

いくら音楽が好きでも、初見に弱いから趣味にとどめておこうと思い定めた時から、その音感の事は人には悟られまいと封印した。私のびみょーなプライド。

正確でない音を聞くとイラッと心が荒れるけど、気付かぬ振りでやり過ごしてきた。

そういえば、二年の時すでに、定演の二部の本番中に楽屋で、サブトップでもなんでもないのに、同級下級生のチューニングチェックの責任者にされたような。将来トップになる人達を、差し置いて。

何故か基音が狂っていて、すぐに気付いて事なきを得たけど、冷や汗なんてもんじゃなかった……。

何で指名されたんだろう？って、不思議に思ったのだけどね。いまだに謎。

夏合宿の計画を立てる中、合宿所の空き状況の関係で、今まで通り六泊七日にすると、最終日とかち合う小沢征爾のコンサートに行けない。

今回、どうしても行きたい。他県のコンサート日を確かめたが、行ける範囲の所は空きがない。

前代未聞の、短縮を申し入れた。トップはほぼ全員反対。アベさんだけは、私の意図するところを、わかってくれる。

「一日合奏するよりも、もっとすごい成果を、このクラブにもたらせてみせる、どうしても私の勉強の時間としたい」

そう宣言して、これまでの慣例を破った。

確かに得るものはあったと思う。

最高峰のナマのオケ、素晴らしい指揮。

いかにそれを自分のプラスとするかは、その人次第。

私にとっては、そうしたステージを生で見るのは、オケを使って指揮を手取り足取りして勉強させてもらっているのと同じ。


つてを頼って足りない楽器集め、もう少し不足のパートの賛助の手配、指揮に専念したくても、何事にも一番詳しい私は、雑用に追われる。

家でも電車でも、総譜を開いて、フレージングのチェック、テープを聴いて曲想の練り上げ。

歩きながらでも、脱力と軽い振りの練習。

道を歩いている時にでも、いきなり曲想が閃くことがある。

迷っているところの振り方やフレージングが頭に浮かぶ、と、思わず手が体が動いてしまうので、よく皆に、此ちゃんと歩いてると恥ずかしいとか言われたが、私にしてみれば時間が足りない。

恥ずかしい事を、敢えて恥ずかしいと思わないようにできなければ、ステージになど立てはしない。

川口さんなんか、もっとすごい、思い付いたらその場でハミングしながら振り出したり、若い頃の小沢征爾ばりの大袈裟な振りをしたりと、あの小柄な体の中は、どれだけ音楽で溢れ返っているのかと、いつも感心させられていた。

まだまだ私の音楽は、観念的に思うだけで、溢れ出る程でない事にジレンマを感じながら、ひたすら自分を追い詰めて……それでも、皆には、煮詰まった顔など見せられない。

結構あの頃は、聖女音楽教の教祖みたいな、自信過剰の態度だけは保てていた。同期や後輩、他校の連中に対しても。

後輩達のキラキラした瞳に見つめられても、鷹揚に笑みを返し、不安そうなトップにも絶対大丈夫と強い意志を込めて頷き返し、他校には、必ず底力を見せてやるという態度で臨む。

張り子の虎で終われない。努力は、人に隠れて続けた。

その頃は不安よりも、何が何でもやり遂げなければとの思いが強かった。自分自身との二十四時間フル稼動の闘いだった。

少しでもどっしりと構えて見せる為に、夏合宿では、奏者指揮者には厳禁のボート漕ぎをやったりして、結構、ハイになっていた。

夏休み中に、作曲家熊谷先生が仕上がり具合を見に来られるというので、賛助も加えての、本番さながらの練習。

ティンパニーで始まり、低音楽器からだんだん高音楽器が加わっていく、まず最初のクライマックスがシンバルによって導かれ、静寂を取り戻すと日本的なメインテーマのうたわせるメロディー。

この先生の曲の難しさはメロディーのうたわせ方にある。

譜面のリズム通りではない流れに、賛助のリズム楽器が戸惑う。

しかし私、この先生の曲も四年目。だてに一年の時から馴染んではいませんよ。

今回ほどの大曲は初めてでも、私は先生のうたわせ方をずっと捉えてきました。その時々の指揮者よりも的確に。

そう、この美しくて穏やかな流れのメロディーを、皆もっとうたっておくれ、私の棒に表情に同調して、そよ風のように流れておくれ。

ほらベース、久しぶりのメロディーだよ、ああクラ、高音に気を付けて、キィなんて雑音はいらない。フルートいいよ、トランペット毅然として。

後半は嵐のように劇的に、さあフィナーレのタ・ターンをしっかり引っ掛けて。繰り返す時、リズム甘くならないで。

最後の最後、ほら、音を落として、それからゆっくりクレッシェンド。フォルティッシッシモ！　フェルマータの音量、もっと！　もっともっと！

力を込めて真上にかざした左手を、ふっと脱力で下ろす。

余韻を味わって、指揮棒で小さく止める。

二十分の曲が終わって、皆、しばらくは、身じろぎ一つできない状態。

普段の練習とは比べ物にならない程、皆、渾身の力を振り絞った感じ。

まだ細かい問題点は、たくさん残っている。が、この曲の大筋での曲想には、自信があった。

数分の沈黙の後、先生の拍手が、講堂に響き渡った。

「ブラボー、素晴らしい。此原さん、言う事ないよ。テーマのうたわせ方、むしろもう少し抑えてもいいくらいだ。指揮、曲の仕上がり具合には文句の付けようがない。後は各パートの技術面かな」

先生、ありがとうございます、そう言って頂ける自信がありましたよ、という思いは自分の胸だけにしまって。

「先生、お願いします」

代わって指揮台に立った先生は、

「頭のティンパニー、曲のつながりを感じさせず、独立したものと考えてもっとゆったり」

「テンポ的に一拍ずつだと間が持たないので、八分音符も振り下ろしていいですか？」

「うん、その方がいいね、十分に間が取れる。それと最後、クレッシェンドに入る前、もっと音落として。ゼロから始まるつもりで上げて、上がり切ってから下ろす」

「はい」

「それと、今は注意をしなければならないから総譜を見てもいい、秋合宿にもう一度来るけど、その時までに、完全暗譜で各パートの指摘ができるようにしておいて。本番はもちろん譜面台無しだからね」

うわー、やっぱり……ああ、地獄！

「はい。それと、先月伺った時にお願いしてあった、衣裳の件ですが」

「ああ、色指定ね。クラ赤、フルート青、サックス水色……」

「あの、指揮者は?」

「指揮者は上が白、下はブリーチアウトのベルボトム。奏者はブルージーンズだな、ああ、裾は広い方がいい」

皆、自分が着る色にえーっとか、わあーっとかのリアクション。

ああ、衣裳探しもあったんだ。私、白って真っ白いだけじゃ、おもしろくないよな。

先生は、例年になく上機嫌で、各パートに細かい部分のチェックに回ったり、一部の曲を聴いて指揮の手直しをしたり。

昨年、サブの時、私も一部を見てもらった。

考えても参考テープを聴いても納得のいかなかった部分のフレージングの甘さを、奏者にはわからない方法で指摘してもらったり、目から鱗をたくさん経験させてもらった。

まだまだ未熟だった私に期待して下さっていたのがはっきりとわかって、指摘が素直に納得できた。

求める者には更なる試練を与え、期待できない人間にはそこそこの対応。

今年のサブに対しては、何かを要求するレベルにも達していないと言わんばかりの態度。プロの厳しさと怖さを知った。

本人はあまり注意されなかったのでいいんだと勘違いしたようだけど、それは甘すぎ。

秋合宿日程で、また事件が。

秋合宿最後の日の午後、市民クラブに新進の作曲家が、直接指導に来ると聞いた私は、夕方までの合宿を昼までで切り上げて、トップだけを連れて市民クラブに合流するという通達を、一方的に出した。

定演が近いのに、と反対する者達を、前回と同様の理由で説き伏せた。

まして、やる曲は、昨年堂大がやって注目を集めた曲。

和声を重視した、今までにないフーガ的な曲で、すぐに譜面を入手して、私ならこう振る、という練習台にしていた曲なので、トップも今回は興味を示した。

すぐに、川口さんに許可を貰って、異例の外部参加を果たした。

わらわらと見知らぬ者が加わる様子に、市民クラブの皆さんにちょっとむっとされたけど、ごめんなさいねー。

皆、やっと体験の大事さが、わかった様子。

私個人としては、川口さんの指揮と曲の解釈の方が好きだった。

作曲家が一番自分の曲を生かせるとは限らないのかと。

それなら、より生かせるのは、やはり指揮者の力量という事に、改めて気付いた。

指揮者次第。

技術と音楽性、プラス人間性。やっぱり川口さんはすごい。

この人と出会えたお陰で、熊谷先生にも高評価が貰え、自分の目指す音楽が間違っていない事を実感できたのだ。

お陰で、指揮者生活が、苦しくて悲しくて辛いだけじゃない、楽しくてうれしくて幸せな経験だと、今こそ言い切れる。

寝ても覚めても定演の総譜とテープに浸かっていたが、どうしても「カヴァレリア」が自分の納得いく曲にならない。何の感動もない、オーソドックスなまま。

ちがうんだ、私自身の曲になっていない！　定演目前なのに……。

二度目の秋合宿。

川口さんが聴きに来て下さった。

いつものままのカヴァレリアを振っていた。こんなじゃ退屈なだけの曲だよな、振ってて辛いよ……と、突然、天の啓示！

ああ、このテンポ、このうたい方。

突然頭の中に聴こえてきたんだ、私のカヴァレリアが。

「皆、ごめん！　振り方変えます。もう譜面は頭に入っているはずだから、今から指揮だけ見て。新しい指示についてきて」

皆の、今のでどこがいけないというような怪訝な顔を無視して、指揮棒を構え直した。

初めてのテンポを示す為に、いつもより少し大きな前振りで入った曲に、皆もちがいに気付いたようだ。

面白いように、フルートのメロディーが伸びる。スフォルザンドもきれい。アクセントもいいね。音階の駆け上がりもスムーズで胸が熱くなる、高音も伸びてる。

十分にうたって、クライマックス……リット……消えるように曲が終わって……。

指揮台を飛び下りて、川口さんのところへ。

「此原さん、素晴らしい！　とてもいいテンポでのびのびとよくうたってた。最高だったよ。今まで聴いたカヴァレリアの中で、一番心が震えたよ」

「今まで摑めなかった曲想が、突然頭の中にあふれたんです。ありがとうございます」

「君の努力の成果だよ」

握手……温かい手。

普通なら間奏曲だからと波風立たないような演奏が多いけど、もっと魂を揺さぶるような曲なんだというイメージが頭に心にあふれかえり、それをそのまま振ったのだった。それでいいんだと認められた事がうれしい。

その時は知らなかったのだが、何年も後にラジオで世界的なテノール歌手がこの曲を歌っているのを聴いて、私が閃いたイメージそのままだったことに驚いた。

求めていたものが確かに存在したという衝撃。

マッツォーニがイタリア語の歌詞を付けて、マスカーニのアヴェマリアとして歌われていたのだった。

元々マスカーニはこの美しい間奏曲を、カヴァレリア・ルスティカーナのオペラを書く前からピアノ譜で書き上げていたという話もあり、静かなだけの間奏曲として作った訳ではないのではなかろうかと思った。

翌日、熊谷先生が来られた。

「暗譜、すんだかね」

「は、はい」

その日から、夏に名古屋へ伺って直接頂いた赤や青の書き込みだらけの大判総譜と、別れなければならなくなった。

曲の流れはわかっているけど、総譜なしで何小節目がどう、というのは言いにくい。ああ……もっと完璧に覚えなくっちゃいけなかった。通して振るのには、問題ないのだけれど。

それでも、高評価で練習を終え、先生を部長と一緒に、楽器屋の島本さんのところへ送って行った時に、

「此原君、今回は僕には何の不安も不満もない。本番は安心してるから、のびのびと君の思うようにやりなさい」

「えっ、先生、聴きに来ては頂けないのですか？」

「今まで来てたのは心配が残っていたから、プレッシャーをかける為に来てたんだよ。君ならいい演奏をしてくれると信じてる。レコードができるまでには時間がかかるだろうから、本番のテープをすぐに送ってくれないか、すばらしい演奏を早く聴きたいからね。楽しみにしているよ」

大先生に、そこまで事前に言ってもらって……頑張りますとしか、言葉が出ない。任されるのも更なるプレッシャーだけれども。

先生と別れてから、合宿所へ帰る為に駅でタクシーを探したが、バスさえも一日に一本というド田舎へ、行ってくれる車がない。

帰りは空車だから割が合わないと、二十数台断られ、日が暮れかかる。

この分だと、夕食どころか夜の合奏にも間に合わない。

もう、二人とも切羽詰まった顔をしていたのだろう、見かねて行ってあげようという運転手さんがいて、やっとタクシーに乗れた時には、一学年下の部長と手を取り合って喜んだ。ありがたいね、いい人もいるんだねって。

しかし、着いた時には、もう夕食時間が終わっていて、トップと役員に今まで何をしていたのかと詰《なじ》られた。

遊んでた訳じゃない。こっちの方が大変だったんだ。

悔しさに唇を噛む。

チューニングを始めてもらって、その僅かな時間に、急いで二人で食事を掻き込んだ。食事抜きで振るのは、体力的に厳しい。

ロッジ式の合宿所は、大きさがちがう建物が、何棟か独立して立っていて、一番広い建物が、合奏に使われる。

合奏場所に行ってみると、すでに皆、席に着いて待っていた。

部長が、自分の楽器がないと、探している。そういえば私のも。

えっ？　昼間先生を送って行く直前にパート練習をしていた外のベンチに、置きっぱなしなのか？　誰も片付けてくれずに。

部長が、外へ行って、二人のクラをケースと共に抱えて戻ってきた。皆の思いやりのなさが悲しかった。私達に対してではなく、楽器に対して。

私の高校のブラスでは、冗談ではなく、いかに災害や不慮の事故から身を呈して楽器を守るか、大真面目に研究していた。

現に同級のクラの子は、演奏会終了後にホールのオーケストラボックスに足を滑らせて転落、自分は怪我をしても、楽器を守ったことさえあった。

「私達の楽器だから言うのじゃない、誰の楽器にしても、自分で片づけられない状態にある時、せめてケースに入れておいてあげようという、楽器を思いやる気持ちを、誰も持てない？　楽器の大切さ、デリケートさは、いつもいつも話してきたはずだけど」

皆、さすがにシーンとしている。受け取った楽器の冷たさに、心が身震いした。

「大切な楽器……こんなに冷えきって……」

言葉にしたら、ふいに涙がこぼれた。

こんなとこで泣くなよ。自分を叱ったけど、どうにもならない。

「皆、二分だけ……ごめん……」

くるっと皆に背を向けて楽器を抱き締め、上を向いて、抑えようとしても止まらない涙を流した。

さざ波のように、背中で、一人また一人と、しゃくりあげる気配がする。

私の大袈裟なパフォーマンスと取ったアベさんが、私にだけ聞こえる声で、

「とんだ愁嘆場だね」

そんなんじゃない！

大学に入ってから楽器を始めた人にはわからない、楽器に対する私の想い。

今はすぐに、何でも親に買ってもらえる時代。

私が中学でクラを始めた頃は、個人で楽器を持っている人はほとんどいない時代。

ニッカンの安物のクラから始めて、二年生でジェファリーを持たせてもらって。

いかにも木管って手触りがうれしくて、卒業で別れる時は、まるで恋人との別れのように寂しくて離れがたくて、何度も何度も泣きながら手入れして……。

高校でもジェファリー。今度は安いリコーのリードじゃなくて、高いヴァンドレン

にして。

管の繋ぎ目のコルクが傷んだら、自分でコルク板買ってきて剃いで巻き直して、キーを磨いて、タンポも外してパラフィン紙を張り替えて。

いつも自分の手をかけてきた、大切に。

欲しくても、買ってもらえなかった楽器。

大学に入って、やっと買ってもらったヤマハのプロモデル。川田さんはクランポンお勧めだったけど、私は音が硬くて好きではなかった。

いきなりそこそこの自前の楽器を持った人間にはわからない、楽器への愛着。

今だって、クラの大部分は、自分で直せずに私に頼ってくるじゃないか。

リードだって、自分で加工して自分に合う厚みにして使ってたんだ、中学の時から。

パフォーマンスどころか、君達皆をぶん殴ってやりたいのを、こっちは必死で堪えてるんだぞ。

こんな優しさのない連中と心通う音楽を創っていかなくてはならないのかと思うと、悲しい。

いつまでもそうしている訳にもいかず、一度だけ目をつぶろうと心に決め、何度も目をしばたいてもう涙がこぼれないのを確かめてから、振り向いて、今からやる曲を指示した。

その日はもう、細かい指摘をする気にもなれなかった。

ここまでの心の落ち込みを、誰も気付くはずもなかった。

今なら、アベさんの言葉も、敢えて私の落ち込みを防ごうとしたのだとわかるけど。

後、二回の直前合宿。

何とか、着々と三部の曲は、仕上がってきている。

二部はあまり練習時間が取れないが、トップはそれぞれのソロがあるし、乗りのいい曲なので、張りきっている。

最後になってやっと、合奏の楽しさを知ったみたいに。


ちゃんと授業も受けながら、加えて私は、教職を取らない代わりに夏前から、和文タイプの専門学校にも、並行して通っている。

大学で一、二課目の授業を受け、街へ下りてタイプ学校へ。

終わってまたクラブの為に、山の上の大学へ戻るという、とてもハードなスケジュールをこなしていた。

それも、定演直前に和文タイプの検定試験があり、三級・四級同時申し込みをしていた。

どうしても、自虐的な指向に走るというか……極限まで自分を追い込まずにいられない性格らしい。

苦しがってのたうちまわってもがきながら、それでも前進しなければ気が済まない、因果な性格。まあ、試験日程は自分で決められた訳ではないんだけど。

嗚呼、努力は報われて、合格したのですよ！　どちらにも。

さすがにうれしかった。

そのお陰で、卒業後、タイピストとして就職できたのだけど。

今ならパソコンとかワード検定だけど、当時は和文タイプの書類だけが、正式書類だったので。


学校では、練習場所に小講堂が取れる時ばかりじゃなくて、特に三年の頃までは、ぼろい学食のテーブルを片付けて、丸イスを並べて合奏していた。

四年になってからは少し大きな部室を貰えて、部室で合奏できてそれなりに幸せではあったけども、音響的には望むべくもなく、各パートのバランスが取りにくい。

直前合宿は、授業もある中でやるので、大学構内をもっともっと山手に登ったところにある学校所有の山荘で、授業がある者はその時間だけ抜けて、授業を受けてくる。残った者でパート練習。比較的抜ける者が少ない時は合奏。結構夜遅くまで、練習練習。

もう皆、疲れと緊張感がピークに……。

本番前々日。

夕方で合宿を終えて、家に帰る。

例年通り前日は練習休みで、衣裳準備や美容院へ行く人も。

今年は特に申し込みが多くてくじに当たらず、毎年使う青少年センターが取れないので、少し費用が高くつくが、市で一番大きなホールを取った。

部長最後の仕事としてトン子が予約に四苦八苦して、会場が取れなかったらどうしよう、と思い詰めているので、私はチャンス到来！とばかりに、

「仕方ないね、定演、中止する訳にはいかないから、ここはやむなく郵貯ホールを押さえるしかないんじゃない？」

って、でも、込み上げる笑いは胸に納めて、さも仕方なさそうに言ったのだった。

小沢征爾やサヴァリッシュが立った指揮台に立つ。

ウィーンフィル、ベルリンフィルが上がったステージに。

客席数も倍。ああ、このホールを満杯にすることができるのだろうか。

うれしい反面、不安も倍増、胃が痛い。


定演当日。

分刻みで組まれている、リハのタイムテーブル。パート別の楽屋に入って、衣裳の準備。

私は、計四回も衣裳替えしなければならない。これはもう、早変わりの世界。

その上、初めて使うホールは、楽屋の位置も使い勝手も、全くちがう。

準備の関係で、逆からリハをやっていくので、一番初めに三部。

皆が楽器を持って出てくる前に、小沢征爾やサヴァリッシュも上がった指揮台を撫でて定演の成功を祈った。

喜びと恐れ多さに、胸が震えた。

「いよいよ今夜が、定演です。今回の曲をやるチャンスは、このリハと本番だけ。リハでは全曲ざっと通すくらいしか時間がない。もう譜面を見ずに、指揮だけ見て。私がアガったら、とんでもないテンポになるかもしれないけど、ちゃんとついてきて。

泣いても笑ってもやり直しはきかない、本番は一回だけだから」

皆を前に、最後の注意。さすがに皆、真剣な顔。

三部の頭の曲からやりながら、まだまだ指摘したい点はあったが、どうしても気になったところだけ止めて、二、三注意するにとどめた。

本心は、もう何もうるさく言いたくない。

ここまで必死でやってきた。後は本番。

最後は皆を信じるしかない。

振るのは指揮者。でも演奏するのは奏者。

しっかり振り込んで、しっかり合奏して。

そうしてきたから、きっと自分も皆も十分力を出せるはず。

アガるはずなんてない、心でそう呟いていた。

実際には、初めて定演を経験する一年生は、ガチガチ。

今夜でクラブ生活を終わる四年も、今までのクラブ生活の感慨が。

そして、何よりカッコ悪い事に、もしかしたら、いや、もしかしなくても一番アガリ症の私。

手が震えて無様な姿を晒す訳にはいかない。あくまでも舞台慣れしているように、演じきらなければ。

実際、他校の指揮者も入れても、大小取り混ぜて私ほどのステージ数をこなしている者はいないくらい、過去最高のチャンスを得ているのだから。

曲が終わったところで、ステージマネージャーが声をかけてきた。

「後十分を切りました。エンディングの緞帳を下ろすタイミングを合わせたいので、お願いします」

「はい。じゃあ、皆、賛美歌。三部最後の曲が終わったところから」

そう言いながら、指揮台を下りて、客席を向き、おじぎをした。

拍手を想定して、ゆっくり皆の方に向き直り、指揮棒を左手に持ち替えて素手で構え、小さく前振りをして、三拍子の賛美歌を始めた。

ダ・カーポで初めに戻り、二度目のクライマックスに差しかかったところで緞帳係に目で指示して、ゆっくりと客席を向いて、深々と頭を下げる。

下げた頭の前すれすれに緞帳が下りて、

「あ、頭すれすれです。指揮者さんもう一歩、内側に入って下さい」

呼びかけるステマネ（ステージマネージャー）の声に従う。

「もう一度確認の為に、繰り返したところからお願いします」

自分の立つ位置を確認してから、もう一度トライ。

うっかりすると、頭の上にすごい重さの緞帳が下りてきて怪我をする。

または、おじぎをしないうちに下りてしまう。

早すぎてもずっと頭が上げられず間が悪い。

結構このタイミングが、難しい。

この曲は卒業式とかに歌われる、望みを胸につどい学びを終えて世に出ていく若者というような歌詞の賛美歌で、うちのクラブではオープニングが校歌、アンコールなしでエンディングがこの賛美歌と決まっている。

去年まではこれで定演が終わり、四年生は卒業してしまうんだと感傷に浸っているだけですんだのに、今年は自分が出ていく側の上に緞帳の心配をしなくてはいけないので、何だか複雑な心境……。

「はいＯＫです。皆、客席に下りて下さい。セッティングに十分休憩。二部リハに入ります」

ステマネの声に、客席に下りた。

小編成の二部のセッティングが出来たところで、卒業生と賛助だけがステージに上がった。一年から三年までは、本番では楽屋にいて聴けないので皆、思い思いの席に座って客役をする。

出と挨拶をするところからやりながら、

「なんせスーツじゃないから、裾踏んで転んだりしてね」

と言って、緊張を解す。

「どんなドレスですか？」

客席から、後輩の声。

「企業秘密！　本番をお楽しみに」

思わせぶりに笑ってから、曲に入る。

誰にも見せてない。

指揮者は、一部三部は、オーソドックスな三つ揃いのパンタロンスーツに白のブラウス。

二部は代々、各人がデザインしたロングドレスと決まっていた。

男並みにパワフルに仕切ってきた指揮者の、卒業に際してのご褒美の？ささやかなドレスアップ。

女性らしさの主張ってところ。

毎年、どんなドレスで振るのか、皆の興味の的だ。

二部、一部のリハも無事に終わり、楽器をケースにしまって、夕食の弁当。

いつも大きなおむすびか、おむすびとお新香なので、今回はおかずもある幕の内にしてもらった。

それも、冷たいと胃に悪くていやだと我儘言って、出来立てのお弁当。

トップばかりで、かたまって食べる。皆、緊張感に食欲も減退ぎみ。

「しっかり食べないと、エネルギー切れになるよ。最後が前代未聞の大曲なんだからね、それも女ばかりの学校での初演になるんだから」

そう言うと、トン子が言った。

「だって、こんな大きなホールでできるって思わなかったから、緊張するわ。楽屋だって雰囲気ちがうし」

「確かにね。でも運は私達の方に向いてる。ホールに負けない演奏にするよ。もっと自分達の力を信じて。その為に頑張ってきたんだからね。二度とないチャンス。最高の定演にするよ」

はっきりと皆に誓える。過去最高の、これから先もできない、伝説の定演にしてみせるって。

その為に学生生活のすべてをかけてきた。少なくとも私は。

工大先輩にいびられた屈辱の日々、川口さんに弟子入りした日、神経をすり減らして曲想を練った毎夜。

腕が上がらないほど棒を振り続けた日々……今こそ総決算。

幼稚園から始めた音楽生活の、才能のなさを自覚して音楽は趣味に止めようと誓った中学時代、辛うじて手にしたコンミスの座と苦悩の高校時代、「新世界」終楽章のソロ、そしてそれらすべてを糧に乗り切ってきた、指揮者としての最後の試練と栄光。

内気な、劣等感ばかりの、情けない自分との決別。

さあ、泣いても笑っても、一回勝負。

楽屋で薄化粧をして、一部の衣裳に着替えた。

このクラブの伝統のクリーム色のワンピースに、白の十センチヒールのパンプス。半袖なので、例年より一ヶ月遅い十一月第一土曜の今は少し肌寒いけど、本番になったら寒さは吹っ飛ぶ。

一部は三年副指揮者が振るので、私も一奏者。

チューニングを済ませ、ステマネのスタンバイの声を聞き、ステージに上がる。

指揮するボボに、アガるなよってサインを送って、２クラの最後列に座る。

たいした努力もしなかったのだから、まあ何とか無難にやってくれ。

ボボは川田さんが教えた。

一年置きに直接指導するので、私は手を出せない。

栄光も挫折も、自分自身がつかみ取るものだから。

食い付いてくれれば教えてやれたのだけれど、実力もないくせに競った罰は、自分が受けなければならない。

「ただいまから第十二回聖女学院大学ブラスバンド部定期演奏会を開催致します」

アナウンスで一部が始まり、結構あっけなく、泣かず飛ばずのボボの定演デビューが終わった。

私の、学生としての十年間に及ぶ、クラリネット奏者生活も終わった。

さあ、それからが私の出番。

戦場のような慌ただしさで、楽屋へ駆け戻り、今日ばかりは手入れを後にして楽器をしまって、ドレスに着替える。

パンプスはそのままで、もう一度化粧と髪を直して、ステージ袖に向かう私の姿に、後輩達の、

「わあっ、ステキ！」

とか、

「此原先輩、綺麗！」

とか、声がかかる。

そりゃそうよ。私がデザインして、そこそこの楽器が買える値段でオーダーした輪入生地の、スタンドカラーで左首から腰までの長いボウタイを付けた、きれいなピンクのロングドレスに濃いピンクのカトレアのコサージュ。

着てる私自身、二度と着る機会がないだろう、照れくさい格好。

最後の見せ場。

綺麗でありたい。

男以上に男のように振る舞ってきた私のささやかな、女性である事の証明。

他校の男達よ、しっかり見て認識してくれ。

さなぎは確かに蝶だったと。

指揮台横に立って、ステージに出てきた卒業生一人一人にガッツポーズをしてみせる。皆、

「此ちゃん、キレイ！」

と言いながら席に着く。皆は、白サテンのブラウスに黒のロングスカート。

胸には私とお揃いのコサージュ。

二部の一曲目を幕のオープニングとして演奏を始めた。

ステージを下りる時の、ドレスの裾につまずく危険を一度に減らす策として。

幕が上がっていくと、日頃のボーイッシュな服装とかけ離れたピンクのドレス姿に、客席からは「ほうっ」とか「わあっ」とか、はっきりと聞き取れるほどのざわめきが上がる。

ん？「ええっ？」って言ったやつ、誰？

奏者にだけわかるように、にやりとして振り続け、一曲が終わったところで指揮台から下りて客席に向き、おじぎをした。

客席から拍手。

「このステージは、来春卒業する部員だけで構成しています。四年間の思い出を胸に、演奏致します。指揮、此原豊。曲目は……」

続けて三曲振る為に、指揮台に上がった。

私とアベさんが惚れ込んで、この曲の為にその作曲家の小曲集という括りにした前半最後の曲。

早いパッセージ、さすがアベさん、うまいよ。ああ、賛助パーカスの鈴、ちょっと遅れる。第二テーマの低音いいね。最後アッチェル、ラストの音、ばっちり決まった。

拍手。再び台を下りて客席におじぎ。二部最後の曲の紹介。

再び指揮台へ上がり、皆を見回して頷く。

指揮棒を構え、四楽章からなる曲を始めた。

元気な明るい一楽章、いいよいいよ。

三拍子の叙情的な二楽章、私は指揮をやさしくうたわせた。

ちょっと明るさを盛りかえした三楽章。

西部劇のようなド派手なアレグロの終楽章、ああ、皆パワー炸裂って感じ。

連なっていく各パートソロ。ベースからだんだんパートが加わっていき、クレッシェンド。高音楽器から低音へ下るスケールのソロが引き継がれ、ジャカジャカジャン！

トップ達のほっとした、晴れ晴れとした顔。

皆に微笑んで指揮台を下り、一部とは比べ物にならない客席の盛大な拍手に会釈を返し、毅然とした態度を装って、ステージ袖へ戻った。

幕が下り、休憩を告げるアナウンスの後、袖に戻ってきた奏者達にVサイン。

息つく間もなく、ドレスの裾をまくり上げて控室に駆け戻り、白のフリルのサテンブラウスに、濃紺の三つ揃いのパンタロンスーツに着替えた。靴は黒のエナメルのパンプス。

いよいよ三部、これからが本番。ますます気が抜けない。

皆も着替えと楽器の手入れとチューニングに十五分の休憩時間では足りないくらい。

ステマネの、

「スタンバイお願いしまーす！」

の声にまた皆、ステージに戻って行った。

ステージ袖で、幕の隙間から客席を覗く。ああ知った顔がたくさん。

中央に、録音を頼んだ工大の小野君の姿も見える。

この大きなホールが満席に近い。

やったー、学生ブラスの定演では、過去最高の観客動員数だ。

幕が上がって、三部の曲目と指揮者紹介。

気合いを入れて、ステージへ出る。背を高く見せる為に十センチ近いヒールの靴。

練習の時にはこんなヒールの靴を履かないので、いつもステージに出る時つまずかないように注意がいる。結構、緊張感。

拍手に応えておじぎをし、奏者の方を向いて指揮台に上がる。

皆の準備ＯＫという表情に、指揮棒を構える。

出だしの一振りで、テンポが決まる、一番大切な振り。

OK、私にしてはアガってないぞ。

どの楽章も、迫力ある、生きた演奏。

テンポ、クライマックス。ああ、皆よく頑張ったね。

一つ一つチェックポイントをこなしていく度に、左手で客にはわからないように指で丸を作る。

振り終えた時の拍手は、曲の出来に見合ったもの。

緊張感を、次のカヴァレリアで解す。

大曲ばかりでは、聴く方も気が張り過ぎて、くたくたになるので、ほっとオアシスのような間奏曲にしたかったけど、やはり私の間奏曲は熱情に満ちていた。うん、私らしくて、いい出来。

いよいよ、最後の曲。

作曲家指定の衣裳替えがあるので、ライトを落とし、幕を半分だけ下ろして、準備の為の休憩を入れる。

私達は、休憩どころか最後の戦争。控室に取って返し、指定されたカラーのセーターに着替える。

メンバーにさえマル秘にしていた私の衣裳は、ブリーチアウトのベルボトムジーンズに、ピンクのインド刺繍を施した丸首で白のロングブラウス。

探して探して、やっと見つけた、自信のコーディネート。

「わー、此ちゃん、小沢征爾みたい！」

「ふふふ、それを狙ったのだよ、諸君」

そういうやり取りをしながら、袖に急ぐ。

緊張してるんだかしてないんだか……。

いよいよ最後か。

アガリ症の割に今回、アガっているつもりはないのだが、指揮棒を持つ手が震える。

これは困った……ここまで来て醜態を晒せやしない。

でも、人さし指を指揮棒に添えるいつもの持ち方では、震えがごまかせない。

まして曲の頭は、アンダンテでフォルティッシモ。

ああ、しっかりしろよ！　豊。

ここがお前のふんばりどころだぞ。

解決策も浮かばないまま、曲の紹介も終わり、指揮者の名を告げられた。

内心の震えを仮面の下に隠して、しっかりした足取りで、ステージ中央へ向かった。

当然の事だが、暗譜で振るのだから、指揮者の譜面台はない。

異例の事なので、会場は、それさえもざわめきの対象になっているのがわかる。

コンミスのアベさんに頷き、指揮台を踏み締めた途端、心が決まった。

今までした事のない、拳握りをした指揮棒を構えると、皆のはっとした顔。

そりゃ驚くよね。本番にちょっとでも変わった事をしたら。

まして、今まで見せたことのない握り方。

それも女の指揮者が拳握りって！

かっこいい持ち方じゃないけど、この際だ、震える無様な指揮を見せる訳にはいかないじゃないか。

えいっ！とばかりに大きく振りかぶって、下ろした出だし。

当たりを予感した私の体を、ビリビリと稲妻が駆け抜けた。

いきなり、ティンパニーのフォルティッシモが四小節。

ベースからだんだん楽器が増えていく。

第一の盛り上がり。

途中からいつもの持ち方に直した指揮棒に、皆食いついてくる。

日本の伝統的なメロディーも、最高のうたい上げ。

大きく踊るような、私の指揮。

何となく、夢のように過ぎて行く。リハも本番さえも。

うたってうたって、おおらかに。完成度も高く、曲の半分が過ぎる。

後半に入っても、私は完全に、自分の作り上げた音楽にトリップしてしまっていて、タ・ターンというところの振りを、ついミスってしまった。

私は、はっとして現実に引き戻され、皆の顔を見ると一様に驚愕の顔。

さすがに苦笑して目で詫び、表情を引き締めた。

それからは、もっともっと皆の音が纏まって、迫力満点。

かえって私のミスに、団結力と緊張感が高まった感がある。

私自身、夢の中のように過ぎた事でアガらなかったのはいいが、やっと現実に振っている感が意識され、後何十小節かで、これまでの指揮者生活が、クラブ生活が、終わると思うと、感無量。

ああ、皆の心よ、一つの炎となって大きく燃え上がれ！

最後のクライマックス、ティンパニーと低音楽器のメノモッソの三連譜を一つずつ分割して振り、最後の音を振り下ろすと同時に、ピアニッシモを引き出す為に、さっと腰を落としてしゃがんだところから立ち上がりながら、拳にした左手を、ゆっくりとクレッシェンドに伴って、頭の上まで力強く差し上げた。

いきなりしゃがんだのは、本番で初めてしたことなので、奏者もびっくりで、音量も確実に落ち、客席から、どよめきが聞こえた。

皆、意表を突かれたろうね、女の私が、そんな泥臭いダイナミックな指揮をするとは誰も思っていなかったはずだから。

最後だから、何だってするよ、私の音楽を完成させる為なら。

本番一回きりの、私の必殺技炸裂！

頭の中では何度もシミュレーションしてきたが、私だって、本当に恥も外聞もなく瞬時にしゃがんで拳が出せるか……内気な自分への、最大の課題だったんだからね。

フェルマータを十分に延ばし、しっかり音を上げきりたい。

もう少しもう少し……もうこれ以上は引っぱれない。

ああ、皆も限界だなって思ったところで、左手の拳を解いて指を伸ばしきり、脱力で左手を下ろす。

余韻を、小さく動かした指揮棒で止める。

できればもう一息、上がりきることが出来たら……。

四年間で一度だけ、一年の練習中に上がりきった感覚を体験したことがある。

欲求不満は感じなかった。

でも、次の指揮者のべべ先輩の指揮では一度もその感覚を得たことはないけど、欲求不満は感じなかった。

今回も振っていて、メロディーをうたわせながら、何度も陶酔感を味わった。欲をいえば最後の最後、もうほんの少しだけ上がりきった感が欲しかったけど、曲としての纏まりというか完成度を考えれば、ここが限度というところで振り上げていた手を下ろしたのだ。私は人情論よりも曲としての完成度を選んだ。

もう皆、力を気力を出し尽くして消し炭になる手前だったたし。

今はただただ、皆によくやったと言ってやりたい。

曲の出来としては、ほぼ完璧と呼べるものだった。悔いはない。

ここまで来るには、本当にいろんな事があったのだ。

無理矢理誘われてこのクラブに入ったお陰で時間が取れなくて、満点合格した通信教育のデザイン学校を諦めたり、顧問の先生の死、人間関係のドロドロ……工大先輩のいじめ、同期、特にK組との確執。

彼女らは定演直前に退部届を出してきたので、まったく誰も引き止めなかったら、また戻ってきて。何をしたかったんだろう？

それら総ての、悲しみと苦悩と……。

でも、川口さんやよきライバル達に出会え、いっぱい感動と喜びを得ることができて、私は今、最高に輝いている。

よくやったと、初めて自分を、褒めてやることができる。

曲の余韻が消えたと同時に、うちの学校では初めてかかった「ブラボー！」の大声。

男子校でも、ＯＢが一応、って感じでかかる事があるが、女の学校では、そんな事はありえない。

しかし、私にもたらされたのは、本気の賛辞であるかがありありとわかった。

川口さんかな？　誰だったんだろう。確かに男性の声。

それも、心のこもった、すばらしいタイミングの。

やり遂げた事は、結果に出る。

そしてそれを評価してくれる人がいる。

感動が込み上げてくるのを抑え、ゆったりと指揮台から下りて客席を見渡し、過去最高の迫力の拍手に応えた。

奏者の方を向き直り、アンコール代わりの賛美歌を素手で振り、打ち合わせの場所で合図して、再度客席に向き直り、下がり来る幕と共に、深々と頭を下げた。

ああ、いつまでもこのまま、拍手の中にいたいな。

本当は観客一人一人に、ありがとうと言いたかった。

ついに、私の指揮者生活が幕を閉じた。

コンミスのアベさんやトップと握手して、控室への下り口で、涙で顔をくしゃくしゃにした一人一人と握手した。

ずっと競っていた一学年下も泣いている。

「此原先輩、今まですみませんでした、ありがとうございました」

自分達のしてた事は自らの足を引っ張る行為だと、やっと気が付いたのか。

泣きながらすがってくる後輩達。

しかし、後片付けをして時間には会場を出なければならないので、長く感傷に浸る間もなく慌ただしい。

川口さんが、楽屋口から覗いている。急いで行った。

「川口さん、長い間、ありがとうございました」

「此ちゃん、素晴らしかった、感動したよ。服も小沢征爾みたいでカッコ良かったしね。本当によくやったね」

いろんな人から賛辞を受け取り、花やプレゼント攻めにあい、人生最大の喜びを感じた。

工大のキラキラ目の副指揮者君も、

「此原先輩、すごい指揮でしたね」

と、言ってくれ、堂大の皆は、

「あの、拳を振り上げた指揮、よかったね。急にしゃがんだ時は何をするのかと驚いたよ」

工大の小野君が、

「此ちゃん、はい。これが今の録音テープ。ばっちりだったよ。ドレス姿、驚いたけど綺麗だったね」

コッテと石津君、

「二部、驚いたね。女装、綺麗だったけど、見事に胸がないね。よかったよ」

言ってくれるね、胸がない、だけ余分だよ。女装とはなんだ、女装とは。

その他、親戚は、

「内気だったあんたに、こんな度胸があるなんて」

とか、高校時代の友人が、プログラムにサインしろとか……。

広岡君も、いつものダンディな白マフラーに赤いバラ。あら、今日はバラの数多いじゃない。

他校の後輩達も、先輩達も。

あれれ？　真木は？　真木は来てないのか……何で？　最後までちゃんと見届けてほしかったのに。

初めて組んだライバルとして、頑張ったね、の一言くらい寄越したっていいじゃないか。


その晩、学校近くの貸し間、通称猫屋敷で、同級だけの打ち上げ会をした。ビール、つまみを買い出しに行き、徹夜で語り明かした。屋台のラーメンを買いに出たり、焼き鳥食べたーいと騒いだり。

何故か猫がわらわらと、夜更けてからコタツに入っている人の膝に抱かれてくる。

私は動物好きだからうれしいけど、動物嫌いの子は悲惨だ。

ベースのヨシちゃんなど、ワー、キャーと騒ぐので、私が引き受けて四匹くらい抱きかかえて。

猫も、数集まると、重たいんだ。

皆、今日の演奏で燃え尽きて、脱力状態。

「過去最高の観客動員数を達成。なおかつ、ちゃんと感動を得て帰ってもらえたと思う」

「此ちゃん、今まで引っ張ってきてくれて、ありがとう」

「皆、よくついてきてくれたね。厳しい事も嫌な事も、いっぱい言ったけど」

「今日の感動は、一生忘れない」

翌日昼過ぎ、皆と別れて楽器と花束を持ったまま、就職試験を受けに行き、見事落ちたけど、悔いはない。

後日、この定演の私の曲を聴いたH響の指揮者が、ぜひ指導させてほしいとの申し入れをしてきた。普通は学生の、それもブラスなんてどれだけ必死で頼まれても、決して受けないという人からの熱烈なラブコール。

でも、私と同期トップはもう、クラブどころか学校を出る身だし、残ったメンバーでは、指導してもらえる程度を保てない。

ありがたい事ですが、学生指揮にこだわりたいのでと、断った。

夢のような定演が過ぎ、卒論の提出期限が迫る中、それでも時間を作って、毎週のようにある、他校の定演を聴き歩いた。

他校には、真木も来ている。

杏女の定演で会った時は、ついにキレた。

「うちのには来れなくて、杏女には来れるのか！」

あの時はどうのこうのと、言い訳しかけるのを無視した。

自分の学校のが終わるまでは余裕がなかったのか、影響を受けたくなかったのか、焦っていたのか……。

熊谷先生に断られて僻んでたのか？　でもそれは当たるところがちがうだろ？

キラキラ目の副指揮者君の指揮に、私の影響を受けたのがモロに出ていたのが笑えた。


定演シーズンが終わり、クラブを離れて、ひたすら勉学へと戻った。

資料収集には、春から着々と取り組んでいて、夏休みには東京の国会図書館へ行き、神田の古本屋めぐりをして関連書籍を漁った。

かねてからの予定通り、アベさんと一週間学校を休んで、自室に閉じこもり、ひたすら徹夜で原稿用紙と闘った。

私の専攻は、中世和歌。

しかも、古今和歌集とかわかりやすいものにすればいいものを、よりによって資料・研究書の少ない、紀貫之の自家集。

普通、貫之というと、人は土佐日記か古今和歌集を選ぶものだけど、私は何故か、ひねくれた性格がこのようなところにも出て、より自分で自分の首を絞めるのだ。

書いては眠り、起きては書き、一週間で百五十七ページ書き上げた。

定演とはまた別の達成感かな。

後は清書というところで、約束の一週間。

翌日から学校へ通いながら、家では清書する日々。

まだ半分残っている清書を放っておいて、アベさんと、提出日前日、映画を見に行ったり。

余裕はないのに、自分を追い込んで。わざとじゃないけど……若かったね。

帰って徹夜。

今はワードで間違ってもそこだけ直して楽だけど、私達の時代は原稿用紙に万年筆書きで、最後の行一文字書き間違ってもその一枚書き直しという無間地獄。

翌日、昼前までかかって書き上げ、締切時間、結構ぎりぎりに、卒論提出の為だけに学校へ行った。

もうボロボロ。

帰って、まる二日ご飯も食べずにひたすら眠った。

定演から三週間もない、地獄の日々だった。

それからは、もう、残った授業の出席日数を、こなすだけの日々。

卒論の口頭試問の日までは。

その頃、社会人団体の合同演奏会に、うちの四年でアンサンブルを組んで出ないかとの誘いを受けて、おもしろがってOKした。

「おもちゃ箱」という場違いなアンサンブル名をつけて、「タイスの瞑想曲」とロッシーニの序曲をやった。

他の出場者は、県内の名のある企業のクラブやアンサンブルばかりで驚いた。

他校の子もたくさん聴きに来てくれて、いい演奏だったと言ってくれた。

何故他校でなくて私に声がかかったんだろう。

紹介者稲垣さんには、選曲等よく頼ってはいたけど、あの人は堂大のOBなのだけどね、何故うち？

なんにしても、ありがたいチャンスを頂いた事はラッキーだった。

その後、クラブがないと、同期にも滅多に会わないもので、ある日久しぶりにばったり会ったノブが、

「此ちゃん達いいね、卒論済んで。私達は大変よ。卒論書かんといけんから」

いややいや、書いたさ。

私達国文科が、十二月四日の、原稿用紙百枚以上の卒論提出だったのに比べ、英文科は冬休みも入り、年明けの一月十日に三十枚くらいの卒論というのに、何？それ。

私はぶつんとキレてしまって。

「あーら、国文はもっと大変だったよ。定演終わって三週間なかったし、百枚以上だったんだからね。私なんか一週間で百五十七枚書いたわ」

その日から、何故か何年も口を利かなくなってしまった。

あれだけやってきた仲間なのに、何故か。

自分だけの世界の子で、元々性格が合うとは思ってなかったけど、トップだから仲のいい振りをしてきたところはあったたね、あっちも懐いてきたりしてたし。

私達の同期は、十七人もいて、一人一人が恐ろしく個性的で、それをまとめて引っ張ってきたのは、私も負けず劣らず個性的であった訳で。否定はしない。

ずっと内気だった私は、物心ついた時から、自分が個性を主張できるように、死に

ものぐるいで努力してきたのだから、個性的と言われるのは、むしろ、私にとっては褒め言葉。

どんなに気丈な人でも、泣かずには済ませてもらえない、地獄の口頭試問も何とか終わり、大学生活が後僅かとなった頃、卒演の会議で、久しぶりに他校の同期と集まった。

「最後だから俺、振りたい」

指揮者になれなかった他校のトップが、何人か名乗りを上げた。

「後、真木と此ちゃんとコッテだね。全部で六人か」

勝手に、当然のように名前を挙げられてうろたえたけど、そうだね、振らない訳にはいかないよね。

女性で初めて、三年で地区ブロ振ったり、プロの指揮者から指導させてほしいと声をかけてもらった指揮者でありながら、最後になって逃げる訳にもいくまい。

「ワンステージ三曲で、九曲。指揮者は大小二曲だよ。次の会議までに曲決めて、譜面を用意して」

うーん、最後だから思いきって、うちだけではできなかった難曲をやってやろう、吹けない人を振り捨ててでも。

工大やH大の力を使えるチャンス。

工大のトップ亀正にソロをさせよう。

彼のイメージぴったりのマイナーでオリエンタルなソロを。

アベさんのイメージとも少しちがうし、あまりに癖がありすぎて、うちではやりたくてもやれなかったあの曲を。

それから、チャイコの五番の二楽章を。

うちのトップにうちのメンバーに、吹けないよと呆れられながらも、最後のチャンスを押し通した。

初めての卒演練習日。

H大の部室を借りて、練習する。

「此ちゃん、一番に振る？」

と言われて、

「あっ、いいよ、一番後で」

と言ってしまって、怪訝な顔をされた。

何故か自分でもわからないけど、つい逃げ腰になってしまった。

四年になって定演までは、人の前に立つのが、何ともなかった。

むしろ合奏が好きだった。

振りたくて振りたくて、たまらなかったのに。

振っていて、グッドタイミングで振り下ろした瞬間の、全身を稲妻のように突き抜ける快感は、とても言葉にはできない、陶酔の喜び。

なのに、突然、新人演奏会の初めての練習の時のように、とてつもない緊張感と不安。

まるで憑き物が落ちたような、ただの人にもどったような心許なさ。

今さら誰にも言えないよね、こんな恥ずかしい事。

誰も、あの此ちゃんが、と信じる訳もなくて。

ただただ、呆然とした。

最後なんだ、今になってボロを出すなよ。

最後まで完璧に演じきって初めて、聖女の指揮者「鬼の此原」伝説が完成するのだから。

案の定、皆からの難曲だとのブーイング。

「途中で崩れたら、本番でもやり直すという事でいいから。どうしてもやりたい！」

そう言うと、各校のトップ達は、どうなっても知らんよと、ぶつぶつ文句を言いながらも、受けてくれた。

案の定、速いパッセージでは、ぼろぼろと脱落者が増える。

でも、完璧にこなせている者もいる。

吹けないから無理、というので、音を一個おきに飛ばしたところで、ちゃんと間の音が聞こえてる。

総譜から目を上げると、H大の久世君だ。

やはり、他校のトップ。さすがだね。

やっぱ、うちだけじゃできないよ。

完璧な演奏は望まない。それは最後のうちの定演で卒業している。

振り残した事があるとしたら、奏者に気兼ねすることなく、憧れの曲を振る事。

結構今までも、やりたい曲を、好き放題にやってきたように見えるかもしれないが、奏者のレベルも考え、トップ陣に反対されながら、相当厳しい選択をせざるを得なかったのが現実。

頑張ったご褒美に、せめて弱者を振り捨てても、強者の世界を創らせてくれ。

吹けない者は、吹ける所だけでもいい。

音を間引いてもいい……結構シビアな私がいた。

それだけ強くなれたのだろうか。

どうしても人の顔色を見てしまうA型の私なのに。

うちの学校には不向きな大曲に、K組は手も足も出ない。

杏女や他校に恨まれてもいい。

吹けない人に同情はしない。

やれる力のある者だけを従えての曲作りは、それなりに楽しい。

遊びの要素、満載。

指揮者も、私達の同期は、個性的だね。

コッテも真木も、それぞれ自分をしっかり持っている。

H大の石津君が一番個性的だが、彼は途中退部で、振る権利を持たない。

個性的過ぎて、独裁者して追放の身の上。もったいない事に。

杏女や他校も、これだけの人数、メンバーを振れるだけの力を持たない。自校で振れても。

結構、女子短大や杏女にはやっかまれたわ。堂大や工大の男共とうちの学校、よく話したりしてたから。気にもしないけどって、私の場合音楽の話オンリーだったからね、お付き合いしてた人達もいたようだけど。

悔しかったら、男を従えさせるだけの力を、持つべきだったのだから。

音楽に、お嬢さん芸なんて、通用するものか。

直前合宿もして、皆夜遅くまで、今までの地区ブロの思い出、これから先の事、音楽談義に、夜が更けるまで語り合った。

もうすぐ学生生活が終わる、本当に指揮者生活最後だ。

夢の中にいるような日々が過ぎ、就職活動をそっちのけで、卒演にかまけていた。


いよいよ本番。

リハになって初めて、本番で、奏者がついてこれなかったらどうしようとの不安感。

それも、一部最後の曲が大曲で、二部の頭の曲も振るのだけど、一部でこけたら再起不能かもって、本番を目前にして気が付いた。

後でそれを言うと、亀正が真顔で、

「僕は心配しとったよ。でも、さすが此ちゃん、度胸があるなあってね」

「私、全然気が付かんかったよ、本番直前まで」

完璧でありたいと思いながら、結構最後まで、未完のままだったのかな、私。

ちょっと寂しい気もするが。

「練習で言った通り、途中でつまずいたら、ここからやり直します。大丈夫、何があってもやり通しましょう」

大真面目を装ってそう言う私に、皆、半分引きつりながら笑った。

ともあれ、リハは無事に済んで、本番の幕開け寸前となる。

私は、極度の緊張感でトイレ通い。

ああ、定演でも、これほどアガらなかったのに。

各校のトップ達が、

「此ちゃん、頑張ろうね」

と、袖で声をかけて、舞台へと出て行く。

幕が開き、まず堂大の山瀬君。次に南君。

うん、そこそこ振ってるね。

やっぱり訓練してきた指揮者とは、曲の仕上がり、皆から引き出す音がちがうけど、
まあそれなりに、善戦している。

さて、私の出番。

指揮者の面目は、保たなくっちゃ。

失敗したらやり直そうと言ってある所に来ると、思わず笑いがこぼれてしまう。皆も、にやりとしている。

あらかじめしていた打ち合わせは、曲を完奏できた為に、無駄になってしまった。ちゃんと聴けて、結構いい評価を受ける仕上がりになっていたので。

二部の一曲目。亀正のソロのある曲。

こっちはばっちり、自信のある曲。

後で、隣の県の市民団体の指揮者であり楽器屋さんである、いつも選曲相談に乗ってもらっていた島本さんからも、完成度が高いとの評価を得た。

直前には、素人同然に、がちがちにアガっていたわりには、やはり、体に染みついているのか、振り始めると、何とか、誇り高き指揮者に戻れてほっとした。

楽しかったね。

定演や地区プロほどのプレッシャーがなくて、プラスアルファの余裕というか。

技術のある奏者も従えている気持ちよさと、うちでは得られない音もあって。

数人で、ホテルの部屋を取って、その夜はそのメンバーで打ち上げをする。

別の日の打ち上げでは、皆、私の曲の、やり直しをせずに済んだ奇跡を話題にする。

私もそれは思うけど、私が振れたのは、以前から好きな曲だったので、時間をかけて自分の中で完成していたから。

奇跡でも何でもない。

むしろ、それについてきてくれた仲間達に感謝だ。

お陰で、また一つ夢が果たせたわけで。

練習時と直前に、素人同然のアガリようだったことを、何とか誰にも気付かれなかった様子にほっとした私。

個人的には、とても情けなくて自己嫌悪の日々だったけど……。

シャレにならないよなあ、アガリ症の指揮者なんて。

しかも、学生ブラス界では前代未聞の事に、作曲家やプロの指揮者にさえ見初められながら、こんな情けない実像なんて、死んでも誰にも知られたくない。

今頃になってアベさんに、私ってアガリ症だからと言うと、

「わかっとるよ、いつも本番で、指揮棒の先が震えてたから」

と言われて、あら、バレてました?って感じ。

もしかしてアベさん、ガラス細工のような私のもろさに気付いていて、危なっかしくてほっとけなくて、女房役を引き受けてくれていたのだろうか……。

あの頃はあちこち尖っていて、気付かないうちにたくさん、人も自分も傷付けていたかもしれない。

結構ケンカしてたトン子にしても、初めての定演振る時に、花束を誰から受け取りたいかって聞いてくれた。

必ずその人に持って出させると言ってくれたので、文女の副指揮者って言ったら、本当に頼んでくれた。

他校の子に頼むのは大変な事。

本当は、一番もらいたかったのはべべ先輩からだけど、彼女は、川田さんに渡すのが決まっていた。

卒業した指揮者が、正指揮者に花束を渡すのは習慣だから、仕方がない。

文女は、私とよく似た経歴の子で、やはり中高クラ。

さばさばした男っぽい性格で、他校のわりに気を許せる、いい意味のライバル。

彼女には、聴いてもらいたかったから。

コッテや真木にと言ったら、やっぱ、真剣に頼んでくれただろうね、思いもしなかったけど。

結構気付かないうちに、いろんな人に守られていたのかもしれない。

後日、島本さんのところへ挨拶に行ったら、卒演を録音したよとの事。

早速、私の二曲と、真木、コッテの曲をダビングしてもらえないか聞いてみる。

もともと、録音されてるだろうと期待していたので。

「いいよ」

すぐにOKしてもらって、ダビングがてらテープを聴かせてもらうと、私の曲の始まる直前に、

「やっぱり此原さんて、かっこいいよね」

という、島本さんが指導しておられる短大のブラスの子達の声が入っていて、思わず、赤面した。

この辺にもファンがいたとは、意外だったね。

今まで、ほとんど接点がなかったから。


晴れて目出度く、学生ブラスと大学を卒業。

小さな会社に、タイピストとして就職した。

川口さんのおられる市民クラブに、正式入部して、毎週土曜、楽器を持って会社帰りに通う。

アベさんとヨシちゃんも一緒に。

川口さんは相変わらず指揮の後、必ず私のところへ来て、どうだった？と感想を求められる。皆、川口さんに目をかけられる、特別な子という目で見ている。

川口さんの彼女の刺すような視線……そんなんじゃないのに。

他校の先輩が、振ってくれないかと誘ってくる。

母は、私が市民クラブに入るのも反対だった。

二度と指揮したら、勘当と言い渡されている。

私は何でもやり始めたら、一生懸命になって自分を顧みないことを、母は知っている。

指揮なんか続けたら、一生結婚できないと、信じて疑わない。

母の危惧も、わからないでもない。

私も、いくら言われても、それはできませんと逃げている。

同期とは、何故か亀正とずっとやり取りがあって、時々二人で会う。

うちまで来たこともある。

「亀正君がもう少し背が高かったらねえ」

と、母。何考えてんだか。思わず笑った。

亀正が私から離れないのは、ひとえにノブの消息を聞きたいから。

そして私も、何だかんだといいながら、何となく工大と繋がっていたかったのかもしれない。

お互いにそんな素振りは、気付いていても気付かない振りで、楽しく遊んだ。


アベさんと、相変わらずクラシックコンサートに出かけ、真木とばったり出会う。

「やあ、元気？」

「うん、役所の仕事は慣れた？」

柄にもなくお役所勤めの真木。

また時に会って、たまには電話をくれるようになった。

「今度のウィーンフィル、聴きに行く？」

「うん、行くつもり」

「そうか、じゃあまたホールで会えるね」

「うん。アベさんも一緒」

そんな、たわいのないやり取り。

市民クラブの定演、女性メンバーの衣裳を、白いブラウスに黒のミディ丈のスカートと決めていたはずが、私達聖女出身のメンバーが後輩の合宿に慰問に行っている間に、ロングスカートに変更になっていた。

定演数日前に、ホルンの稲垣さんと話していてわかった。

えっ？と驚く私に、知らなかったの？と不審な顔。

首謀者は川口さんの彼女だった。

そんなにライバル視しなくても……川口さんと私は、そんな関係じゃないのに。

そんなにも意識されてたなんて、ショック。

あまり川口さんと親しそうにしない方がいいなと反省。

そして何とか乗り切った定演。

ポピュラー曲のメドレーで、演奏途中にさっと客席に向き直り、

「はい、皆さんご一緒に」

と自ら歌って客席を参加させる川口さん。

わざとらしさのかけらも感じられない、とても自然で……。

これこそが、私が渇望して止まなかった指揮者の余裕。

素晴らしい。

私も一度でいい、そんな余裕の指揮をしてみたかったのに、果たせなかった。

私だけじゃない、真木だってコッテだってそれ程の余裕を持てなかったのだから、何で未だに自分を責めるのか……。

でも、中近東の人達の歓迎レセプションで、川口さんのような余裕で聴く側と一体になれなかったことで、未だに自分を許せないでいる。

あまりに完璧であろうと望み過ぎる、あまりに理想が高すぎる。そのわりに、少しもそれに近づけなかった自分を私自身、思い知っているから……。

定演が終わって一月くらいのある日、市民クラブの練習に行ったら、川口さんが私を廊下へ呼ぶ。

「此原さんあのね、お願いがあるんだけど」

「何ですか？」

言いにくそうな、川口さん。

「あのね、僕、来月結婚式をするんだけど、披露宴に、来てもらえないかな」

「聞いてますよ、おめでとうございます」

「ありがとう、じゃあ、来てくれるね」

「すみません、行けません」

行きたい訳ない。

だって彼女を刺激したくないもの。

「どうしてもだめだろうか」

「ごめんなさい」

何だかしょんぼりして見える川口さんから、逃げ出した。

翌日、稲垣さんから電話。

「川口の披露宴、断ったって聞いたけど」

「あ、ええ。だって私なんかが行く必要、ないじゃないですか」

「頼むよ、此原さん。どうやってでも行ってやってくれないか」

「でも、奥さんになる人、私の事よく思ってないし」

「頼む、土下座でも何でもするから出てやってほしい。君は川口にとって、特別なんだ！」

「えっ……？」

「お願いだから川口の為に、うんと言ってやってほしい」

「……」

「此原さん」

「……わかりました、出ます」

川口にとって特別……？

私にとって川口さんは特別だけど……。

川口さんの結婚式の日、早めに集まって、公民館で披露宴の中で演奏する曲の練習をするというので、練習に間に合うように電車に乗ったはずが、その電車が踏切内に立ち往生した車と衝突してしまって電車が止まり、大幅に遅れてしまった。

気は焦るがどうにもならない。行きたいからではなく、稲垣さんと約束した以上、逃げ出した卑怯者にはなりたくないから。

かえって川口さんを好きだったみたいに誤解されたくはない。

何と公民館に辿り着いたのは、すでに練習が終わって、披露宴会場に移動する間際の事だった。

「よかった、来てくれないのかと思った」

稲垣さんが飛んできて、私の手を握る。

「すみません、電車が事故って」

「ありがとう、あいつ喜ぶよ。誰が来なくても、君だけには来てほしがってたから」

亀正と一緒に移動。

披露宴の最中、演奏が終わってから、バイキング形式のごちそうを、亀正と交替で取りにいっては、しゃべっていた。

デザートになって、フルーツを取ってきた私に、亀正が聞く。

「これ何？」

「ああ、キューイよ」

「ええ！　キューリ？」

周りの人が驚いて振り向くくらい大きな声で聞き返す。

恥ずかしいじゃないか。

「これって果物？」

「そうよ」

「どんな皮が付いてるの」

「じゃがいものような、茶色い皮」

「どこに売ってるの、八百屋さん？」

「そう。初めて食べたんだ」

「うん、初めて見た。変わってるな」

亀正、あんたも相当変わってるよ。

初めて見た、食べたとはいえ、果物ごときで、これだけ騒いで顰蹙買ったんだぞ。

私は川口さんに近づかないで、披露宴が終わった。

亀正が、新幹線まで送って行くと言うし、私も駅に出ないと帰れないので、一緒に行く。

新婚旅行に行く川口さんを見送る為の新幹線ホームで、初めて私を認めた川口さんは、一瞬驚いたように目をみはり、花嫁さんも親戚もほっといて駆け寄ってきた。

「此原さん……来てくれたんだ。来てもらえないと思ってた」

川口さんは私の手を握り締めて、ぽろぽろと涙を流している。

大の男が、恥も外聞も気にする事なく。

私まで涙がこぼれるじゃないですか。

本当に、来てほしかったんだ、川口さん。

貴方が親兄弟よりも私の魂にしみ込んだ、神様のような存在であるように、貴方にとっても私がただの後輩指揮者ではなく、心の中に深く根付いた存在と思ってもらえていたのでしょうか。

稲垣さんの、川口にとって君は特別な存在という言葉が、改めて驚きと共に、私の心に沁みた。

それこそ新婚さんで、周りはおめでとうの嵐の中で、川口さんと私は手を取り合ったまま、涙を流して見つめあって。

亀正が隣で不思議そうな顔をしている。

でも、何も言えない。

泣き笑いの川口さんは、新幹線に乗って行った。

亀正がぽつんと言った。

「お茶するか」

「うん」

喫茶店に連れて行ってくれ、まだ涙が止まらない私を、人目に付かない席に座らせて、何も言わずに、ただずっと側にいてくれた。

きっと彼は、私が川口さんの事を好きで、失恋したと思ったろうなと思いながらも、私の思いを言葉になんてできず、ただただ静かに涙を流した。

悲しい訳ではない、川口さんに大切に思ってもらえてた事が、うれしかった。

でも私達の関係は、誰にもわからない、理解不能な関係だろうね、恋愛感情でないことだけは確かなんだけど。

亀正、君ってやさしいところあるんだね。

でも、真木達には何て告げるのだろう。


真木とは、十二月の彼の誕生日前に会う約束をして、プレゼントにネクタイを買った。高校の時のブラスのクラの先輩にも、ネクタイあげたっけ、振られちゃったけど。学生時代とちがって、わざと冷たく突き放したり突っ張らなくなった真木と話すのは、ちょっとうれしくて、何だかどきどきしながら、待ち合わせのバッハというケーキの美味しい喫茶店へ向かう。

バッハの曲ばかり聴かせるその店で、二時間もした話は「ベートーベンの七番の二楽章のテンポ」について。

アレグロ・コンブリオなのに、誰が振ってもアレグロではない、でも三連譜がうたえてとてもいい曲だね、僕らだったら、どんな風に振れるだろうかと。

何でこんな話してるんだろと思いながらも楽しくて、ネクタイも喜んでくれて。

やっと素直な付き合いができると思ったのも束の間、お酒も入ってないのにちょっと調子に乗り過ぎて、続く一時間に、私に対して、言ってはいけない事を言ってしまった君。

「聖女っていいよね、たくさん聴きに来てもらえて。友達とか親戚とか、付き合いで来てくれるよね。うちは男ばかりだから、そういう客は望めなくて。入りが悪いのが残念だよ」

「でも、うちの演奏を聴きたくて来てくれる人多いよ。ちゃんと感動して帰ってもらってる」

「でも、女の子の学校って、学芸会みたいなノリで、知り合いとかに来てもらいやすいじゃない。ホールを満杯にしてみたかったな」

「私はしたよ。ちゃんと評価も得たからね。あんた、杏女には来てもうちに来なかったからわからんだろうけど。工大はうまいよ、確かに。でも、聴く側まで感動が伝わってこん気がするよ。川口さんの指揮は、市民クラブすごくうまい訳じゃないけど、感動を伝えられる」

さりげない皮肉にも気付かず、君は、

「うん、川口さんはすごいよな、素晴らしい音楽性を持った人だよ」

そう、あの時思った。

真木を、私の最後のステージを見なかったこいつを、私は一生、許せないだろうと。

ここで気持ちを抑えて付き合ったとしても、必ず、事あるごとにそれを思い出して許せないだろうと。

さあっと気持ちが、音をたてて退いていく。

好きだと思ってたけど、本心はやはりライバルでしかなかったのかも、しれない。

何を言っても許されるのは、ちゃんと私を最後まで見届けてくれた人だけだ。

その上での批判なら、どんなにしてでも受けて立てる。

こいつは何もわかっていない。

自分は逃げておいて、謝るどころか私を、私の総てを否定するのか。

きっと気が付いてもいないこいつ。私が傷付いたことに。

いつまでもいいライバルでいたかったよ。

傷心を抱えて、私は、敢えて人と向かい合う電車を避けて、深夜のバスに乗った。

後部座席で、電車の倍の時間をかけて、窓の外の夜景を見ながら、声も出さずに泣いて……そして吹っ切った。

二度と真木なんかに心を開くまい、結局ライバル以上にはなれなかったのだと。

何故、私の最後のステージを見なかったのか、それだけは聞いておきたかったけど、聞けなかった。

その中途半端な気持ちが、何故?が、今も、喉に引っ掛かった小骨のように、すっきりしないまま残っている。

アベさんは言う。

「彼にしてみれば、此ちゃんの指揮に影響されるかもしれないとの気持ちから、聴きにこれなかったのではないの？　ほら、一年後輩の、目がキラキラした副指揮者君は此ちゃんの指揮に、しっかりハマってしまってたじゃない」

一敬も小野君もいて、誰も誘わなかったのだろうか。真木は忘れてたとか、寝てて起きれなかったとか言ったように思うけど、それって言い訳。本心を見せない奴。

ごめん、聴きたくても行けなかったと素直に言えば、もう少しさらっと付き合えたかも。私も、もっと自分を出して、来なかった事を、口に出して責めればよかったか。

でも、それさえしなかった。

思うに、どちらもプライドが高過ぎたのかもしれない、指揮者としての。

指揮者であって、ライバルであって、男とか女とかいう関係ではありえなかった訳で。

指揮者生活は孤独だったから、音楽や心の中を語り合える、同志でありたかったのだと思う。

年を越えても、亀正とはたまにデート。

お互いに好き同士でもないのに、何故か連絡を取り合っていて、バレンタインデーにはチョコをあげたり、あっちがドライブがてらうちまで来たり、夏はビアガーデン。

真木からはその後もしばらく、コンサートに誘う電話。

「あんたと行く気はない」

きっぱりと断って、迷惑だと告げた。

「わかった」

そう言って真木からの電話は、かからなくなった。

理由はこっちも言わず、向こうも聞かないまま……。

私が振ったのかな、今思うと。

何年も経って、ひょっこりと出会った。

「あ、此ちゃん、どうしたの？」

何も変わらない、鈍感なままの真木は、私の持っていた買い物袋をひょいと取り上げて、中を覗き込む。

「何買った？」

どうして君は、こんなにも昔のままなのか、おかしいやらあきれるやら。

「少しは大人になったかと思えば、いつまでもまんまだね」

「そうか、僕はそんなに子供だったのか」

じゃあまた、とあっさりと、私は手を振って、駅の改札を通った。

別の日には役所近くの横断歩道の真ん中でばったり。

「おう、元気か。どこへ行くの？」

「そこの専門学校のエクセルのセミナー受けに。あんたこそもう仕事終わり？」

「残業になりそうで買い出し」

「あっ、信号変わるからもう行くね」

「ああ、またな」

大学を出て一年目にヨシちゃんもアベさんもお見合いでさっさと結婚してしまい、私も母からお見合いをさせられる。

亀正とビアガーデンで会って、親から結婚を勧められていると話した。見合いで、愛情を持てない相手と共に生きなくてはならない不安。

「大丈夫、きっと此ちゃんはいい嫁さんになれるよ。幸せになれよ」

亀正は笑顔で言った。

本当は真木に伝わって、何か言ってほしかったのか……。

今は知ってる。本当に人を好きになるということは、そんなままごとのような淡い気持ちではないと。私はその気の進まない見合いで、自分の半身となる大切な大切な人に出逢えたから。

ともあれ、諸事情により、遠く離れた県からまた皆の近くに戻ってきたある日、山瀬君から突然の電話。

「亀正から連絡先聞いた。コッテの追悼という名目で、男ばっかり集まるんだけど、此原、お前、出てこんか」

えっ？　男ばっかりで何で私が誘われるの？　……まあ、いいか。

「行く行く。いつどこで？」

結局、ホントに男ばっかり集まってた。

皆懐かしい顔。山瀬、亀正、小松、真木、井田、南、一敬、岩手などなど……。

「やあ、久しぶり」

「元気だった？」

少しのわだかまりもなく。学生時代のまんま。

皆、皆、仲間なんだわ、何年経っても、何があっても……。

全く、皆変わってないよね、私の事、女扱いしないところも。

でもそれって、ちょっと寂しいかも……？

「お前大変だったんだって？」

「此ちゃん、大丈夫か？」

皆代わる代わる声をかけてくれる。

コッテを偲ぶと共に、大きな試練を越えた私を励ます会でもあったのかな。

ありがたいね、仲間って。さり気ない気遣いに感謝。

男ばかりの中に加えられてもまあ、いいか。

なので、私は言った。

「コッテが死んだのに、何もしてやれなかったから、追悼コンサートやろうよ」

「うん、いいね。でも楽器、生きてるかな」

「もうずっと吹いてないなあ」

「そういえば、現役の部員数が減ってね」

「どこも一緒や。クラブ残ってるだけでも奇跡かも」

「考えてみたら、どの学校も、俺達の時が一番最高だったんじゃないか？　人数も、実力も」

「ほんと、勉強よりクラブクラブ。音楽漬けの日々だったよな」

何だかんだで、追悼コンサート開催が決定した。

「誰が振る？　真木と此ちゃんは絶対ね。後は誰と誰？」

「何振る？　此ちゃん」

「私、カヴァレリア！」

「僕は、パヴァーヌをもう一度やりたい」

こうして、どんどん話が進んでいった。

打ち合わせに何度も集まって、決まって話の後、カラオケへ。

お役所のコーラス部だって？　あんたには、屈託ってものはないのか。

何とも清々しい声で歌うんだわ、真木の奴。

山瀬君もうまいねえ、社長、もうプロ級。

皆、どうしてそんな余裕があるんだろう、仕事も忙しそうなのに。

各学校同期に声をかけると、予想したよりたくさんの参加者。

楽譜送って、各自練習。

何度か、うちの学生会館借りて練習した。社会へ出て十年も経てば、家庭持ちも独身も離婚組も再婚者も、個人環境も様々で、合宿まではできないけど。

最近出来た、小さなホール借りて、同期会コンサート。

コッテの在りし日の、指揮してる写真に、白い花を飾ってステージ端に置く。

結局、卒演の時と同じメンバーが振る。コッテ以外は。

相変わらず、いつまで経っても、アガリ症が治りきらないままの私。

度重なる大きな試練に立ち向かった後にもかかわらず。

ああ、自己嫌悪。

皆、私のそんな弱さに、気が付きもしなかったろうな、ずっとずっと。

何も変わらない、あの頃のままのような気がする。

でも、あれから十年、皆いろいろな試練や経験を経ているはず。

今思うのは、あの頃、今くらいの人生経験を持って振れていたらと。

無理な事だけど。

若さ故の無謀さ、生意気さ。恐れを知らな過ぎた。

でも、純粋で、無垢で、一生懸命だったと思う。

今より、ずっとずっと……。

私は、以前と変わらない緊張感に苛まれながらも、指揮台に立つ。

私のカヴァレリア。

しっとりとした美しい流れるような、でも熱情的なメロディー。

学生時代に振ったこの曲は、あの頃よりも少しは、大人の曲に仕上がっただろうか。

敢えてアヴェマリアと言わずカヴァレリアの名でやったけど、私の心の中では以前聴いた重厚なテノールが流れていた。

学生の頃は何気なしに聴いていたブラームスの四番が、とても切なくてやるせなくて大人の曲に思えるようになった今……。

今この時が、ずっとずっと続けばいいのにと願うのは、私だけだろうか……。

なかなか鳴り止まない拍手を聞きながら、今は亡き友の鎮魂を願う。

そして生を続ける私達には、この先も、どれ程の試練と困難が立ち塞がるのであろうか。

音楽への憧憬だけは、いつも何があっても、なくさずにいたい。

音楽は、どれほど環境が変わっても、国や言葉がちがってもわかりあえる、この世の中で唯一の、最高の言語なのだから。

素晴らしい仲間達が、教えてくれた。

皆、ひとりぼっちじゃないんだよと……。

完

あとがき

この小説を見出し、出版へと背中を押して下さった出版社の皆様に感謝を。

半世紀余年続いた大学の音楽部が、部員減少の為廃部。時代の流れで金も時間もかかる部活人口の減少で予兆はあったが、いざその時を迎えると深い悲しみを感じる。先輩・同期・後輩の訃報もちらほら。数十年ぶりに結成したアンサンブルの演奏会も延期となった。

閉塞感の中ふと〆切目前の公募が目に付き、昔書いた原稿を送った。

読み直す中で蘇る青春の輝き。世間知らずが生意気にも人生を語ったり、良くも悪くも懸命に生きた日々と過去の栄光。

多くの困難や試練を超えた自信と、共に語り合った仲間。幸せな時より大きな困難にぶつかった時こそ、私を支える大きな力となった。過去は過ぎ去りし日ではなく、未来に繋がる道。

国や言葉が違っても同じ感動を分かち合える、音楽は世界の共通語。例えばベートーヴェン第九、一九一八年鳴門の収容所でドイツ兵捕虜による全曲アジア初演で国を超えた親睦。一九四三年東京音楽学校学徒壮行演奏会と戦後の追悼で祈りと鎮魂。一九四五年広島原爆投下、その半年後、爆風で壊れた窓の学校講堂で復興への活力となった。

音楽のチカラと素晴らしさ。いろんな音楽を潤いとして、今一度見つめ直してみませんか?

音楽バンザイ!

著者プロフィール

此原 豊（このはら ゆたか）

趣味　音楽、読書

カヴァレリアをもう一度

2022年11月15日　初版第１刷発行

著　者　此原 豊
発行者　瓜谷 綱延
発行所　株式会社文芸社
〒160-0022　東京都新宿区新宿1－10－1
電話　03-5369-3060（代表）
03-5369-2299（販売）

印刷所　株式会社暁印刷

ISBN978-4-286-25015-1